O JARDIM
DO DIABO

O JARDIM DO DIABO

LUIS FERNANDO

Copyright © 2005 by Luis Fernando Verissimo

Grafia atualizada segundo o Acordo Ortográfico da Língua Portuguesa de 1990, que entrou em vigor no Brasil em 2009.

Capa e projeto gráfico Casa Rex
Preparação Julia Passos
Revisão Eduardo Russo e Sorel Silva

Os personagens e as situações desta obra são reais apenas no universo da ficção; não se referem a pessoas e fatos concretos, e não emitem opinião sobre eles.

Dados Internacionais de Catalogação na Publicação (CIP)
(Câmara Brasileira do Livro, SP, Brasil)

Verissimo, Luis Fernando
   O Jardim do Diabo / Luis Fernando Verissimo. - 1ª ed. - Rio de Janeiro : Alfaguara, 2022.

   ISBN: 978-85-5652-155-2

   1. Ficção brasileira I. Título.

22-133268	CDD-B869.3

Índice para catálogo sistemático:
1. Ficção : Literatura brasileira   B869.3

Cibele Maria Dias - Bibliotecária - CRB-8/9427

[2022]
Todos os direitos desta edição reservados à
EDITORA SCHWARCZ S.A.
Praça Floriano, 19 — Sala 3001 — Cinelândia
20031-050 — Rio de Janeiro — RJ
Telefone: (21) 3993-7510
www.companhiadasletras.com.br
www.blogdacompanhia.com.br
facebook.com/editora.alfaguara
instagram.com/editora_alfaguara
twitter.com/alfaguara_br

EMBORA VIGIES,
A MORTE CONSPIRA
NAS ENTRELINHAS.
ALCIDES BUSS, *SEGUNDA PESSOA*

1.

Me chame de Ismael e eu não atenderei. Meu nome é Estevão. Como todos os homens, sou oitenta por cento água salgada, mas já desisti de puxar destas profundezas qualquer grande besta simbólica. Como a própria baleia, vivo de pequenos peixes da superfície, que pouco significam, mas alimentam. Você talvez tenha visto alguns dos meus livros nas bancas. São aqueles livros mal impressos em papel jornal, com capas coloridas em que uma mulher com grandes peitos de fora está sempre prestes a sofrer uma desgraça. Escrevo um livro por mês, com vários pseudônimos americanos, embora meu herói — não sei se você notou — sempre se chame Conrad. Conrad James. Herman Conrad. Um ex-marinheiro de poucas palavras. Um peixe pequeno, mas mais de uma cidade foi salva da catástrofe pela sua ação decisiva entre as páginas noventa e noventa e cinco. Tenho uma fórmula: a grande trepada por volta da página quarenta, o encontro final com o vilão, e o desenlace, a partir da página noventa.

Sobrevivo. Nunca mais vi o mar. Pensando bem, não saí mais de casa desde o meu acidente. Perdi o pé. Não quero falar disso. Tem uma mulher, Maria, claro, que vem cozinhar pra mim e sempre chega com notícias da decomposição da sua família. "Minha mãe tá com a urina preta", justo quando eu estou tomando café. Tem uma moça que vem duas vezes por semana fazer a faxina, mas sempre acaba na minha cama. Há dois anos que ela vem, Lília, Lília, e ainda não espanou um livro. É assim que eu vivo. *Exile and cunnilingus.* Mas não era isso que eu queria contar.

O rádio. O dia inteiro, o rádio.
— Abaixa o rádio, dona Maria!
Ela não ouve. Não pode ouvir, com o rádio nessa altura. É um programa de auditório que parece durar o dia inteiro. Um homem ouve histórias. Histórias de privação e desespero. Pais à procura de filhos perdidos. Barracos incendiados. Dramas conjugais. Membros amputados. O homem que conduz o programa dá conselhos e pede ajuda. Diz que Deus não abandona as suas criaturas. O auditório aplaude. Dona Maria não me ouve.
— Abaixa o rádio, dona Maria!
— Como é o seu nome? Diga o seu nome.
— Glória.
— E qual é o seu problema, dona Glória?
— É meu filho, o Zarolho.
— Ele não tem um olho. O seu filho precisa de um olho.
— Mas não era isso que eu queria contar.
— Fala, dona Glória. Atenção, auditório.
— Ele e o pai vivem brigando. Ele é maconheiro.
— O Zarolho ou o pai?
— O Zarolho.

— E o seu marido briga com o Zarolho porque ele é maconheiro, é isso, dona Glória?
— Meu marido, o Candó, quer matar o Zarolho. Disse que se ele aparecer em casa, mata ele com um facão. O Zarolho é bandido, mas é do nosso sangue.
— Seu marido está ouvindo o programa, dona Glória?
— Tá.
— E como é o nome dele?
— Candó.
— Olha aí, seu Candó. Filho é filho. Não mate o seu filho, seu Candó. Talvez ele seja assim porque não teve o amor que precisava na infância, não é, auditório? Tente ajudá-lo. O Zarolho já tem ficha na polícia, dona Maria?
— Tem.
— Manda ele vir aqui falar comigo.
— Obrigada.
— Abaixa o rádio, dona Maria!

A primeira vez que vi o mar foi numa gravura, num livro da biblioteca do meu pai. Uma gravura escura, o mar negro e revolto, grandes nuvens cinzentas em cima, um veleiro indefeso sobre o dorso de uma onda gigantesca, condenado ao abismo. Eu ainda não sabia ler. Depois vi o mar, vejo-o em fotografias e filmes coloridos, mas sempre que penso no mar é nessa gravura sombria, e na minha imaginação o seu cheiro é o cheiro de livro velho. O livro ainda deve estar por aqui. Fiquei com todos. Moro num pequeno apartamento, sala, quarto e cozinha num prédio barulhento e úmido. Os livros estão empilhados pelo quarto e pela sala, cobertos de mofo e poeira. Ninguém limpa. A Lília levanta a poeira quando passa da porta para o quarto e do quarto para a porta, duas vezes por semana. A sujeira só migra. A dona Maria não entra na sala. Chega de manhã, dá a última notícia de casa ("Minha irmã tá com escarro verde", e eu desisto do iogurte) e vai direto para a cozinha ligar o rádio. Eu já tive a grande fome de entender tudo, entende? De olhar bem no olho injetado do mundo e me entender também, mas só o que ficou disso foi um certo enfaro literário e um cérebro entulhado. Às vezes tenho a impressão de que quando sacudo a cabeça posso ouvir a quinquilharia solta lá dentro. Evito sacudir a cabeça. Me movimento pouco. A editora manda buscar os livros quando ficam prontos. O último a sair tinha sido *Ritual macabro*. Um ex-marinheiro, Conrad James, chega a uma cidade aterrorizada por um assassino que todos conhecem como "O Grego". Conrad alcança o Grego mas, pela primeira vez em meus livros, o vilão não morre. O Grego foge. Fica a sugestão de que ele voltará num próximo volume. Era esta história que eu estava escrevendo quando a campainha da porta tocou. Era isto que eu queria contar. Eu estava chegando à grande trepada da página quarenta quando a campainha tocou.

— Dona Maria, a porta!

Dona Maria não ouviu. Para sair da minha cadeira preciso colocar a máquina de escrever que fica no meu colo sobre uma mesinha, pegar minha muleta, levantar da cadeira, a água salgada fazendo slosh-slosh lá dentro — "Dona Maria, a porta!" —, atravessar a sala lentamente cuidando para não derrubar nenhuma pilha empoeirada de livros...

— Dona Maria, abaixa esse rádio!

Era um homem que se apresentou como inspetor Macieira, "como o conhaque". Mandei-o entrar. Ele mancava. Era ruim da outra perna, o que devia ter me advertido de alguma coisa. Pedi para ele sentar, mas ele preferiu esperar que eu sentasse primeiro. Disse:

— O senhor é Stephen Eliot!

Respondi que bem, hm, ahn, mas ele continuou, dizendo que era meu leitor constante e admirador. Uma mentira, já que eu só usara aquele pseudônimo no último livro. Disse que tinha grande prazer em me conhecer.

— Então sente — disse eu, como se só meus admiradores pudessem se sentar na minha casa.

— Desculpe a indiscrição... — começou ele, apontando para a minha perna.

— Não quero falar disso.

— Desculpe. É que eu também perdi um pé, mas fiz uma prótese e hoje me movimento normalmente. O senhor não...

— Dona Maria, abaixa esse rádio!

O grito o assustou, e ele, prudentemente, aproveitou a interrupção para mudar de assunto. Era um homem da minha idade, pequeno, magro, bem-vestido e tinha os olhos saltados, como se o colarinho apertado os tivesse empurrado para fora das órbitas.

— Como disse — continuou —, sou seu leitor atento.

— Pensei que ninguém lesse meus livros — disse eu, mentindo também. Sabia que eles vendiam razoavelmente bem, e regularmente, nas bancas. Vivia deles. Perguntei de qual ele gostara mais. Ele hesitou, depois respondeu:

— Do último.

— *Fúria assassina*? — perguntei, para testá-lo.

— *Ritual macabro*.

O filho da puta me lia mesmo. Ele continuou:

— Aliás, é sobre esse livro que quero conversar com o senhor. Me deram seu endereço na editora.

— Pois não.

— Antes de mais nada, gostaria de perguntar... De onde o senhor tira suas ideias?

Pensei em sacudir a cabeça, para que ele ouvisse a quinquilharia solta. Respondi que tirava minhas ideias da minha cabeça. Ele fez "Hmm", como se a resposta o desagradasse.

Talvez esperasse que eu dissesse que tinha um fornecedor. Um contrabandista de ideias. De confiança. Ideias legítimas. Se quiser, eu lhe apresento.

— A figura do Grego é pura imaginação?

Hesitei. Era? Era.

— É.

— Não é baseado em ninguém? Alguém que o senhor conheceu? Alguém de quem o senhor ouviu falar?

— Não.

— Tem certeza?

— Por quê?

— Porque, sr. Eliot, existem algumas, como direi, coincidências engraçadas. Perdão, engraçadas não. Trágicas, na verdade.

— Que coincidências?

— O senhor não leu no jornal sobre a morte daquela mulher, no Jardim Paraíso? Mês passado?

— Não leio jornais.

— Ela foi esfaqueada várias vezes. A cama ficou ensopada de sangue. Ainda não sabemos quem é o assassino. Ou a assassina. Ou os assassinos.

— E daí?

Olhei, ostensivamente, para a máquina de escrever, onde eu deixara Conrad, no meio de uma linha, introduzindo a sua mão bronzeada pelo sol e o sal de muitos mares na blusa de Linda, seus dedos buscando o bico daquele seio que durante toda a tarde o desafiara através do tecido fino da blusa e que agora ia ver o que era bom. Eu preciso trabalhar, inspetor!

— Tem uma coisa que a imprensa não deu porque os repórteres não ficaram sabendo. O assassino — ou a assassina, ou os assassinos — usou o sangue da vítima para escrever coisas na parede. Coisas... em grego, sr. Eliot.

Ele ficou me olhando, esperando uma reação. Esperou em vão.

Continuou:

— O assassino agiu exatamente como o assassino do seu livro. O Grego.

— E eu com isso?

— Bem, eu...

— Não me responsabilizo pelo que os meus leitores fazem!

— Não era um leitor imitando o livro.

— Por que não?

— Porque o livro saiu depois do crime.

Agora era a minha vez de perguntar se ele tinha certeza. Tinha.

— Na editora, muitas pessoas leem o livro antes de ser publicado — insisti. — Pode ter sido um revisor. Os revisores são capazes de tudo. Talvez uma vingança, pela minha colocação dos pronomes.

Ele sorriu tristemente. Eu o estava decepcionando. Abri os braços.

— Então é uma coincidência.

— Claro que é uma coincidência. Mas o senhor...

— Não me chame de senhor — disse eu. Era uma advertência.

— Você há de convir que eu precisava investigar esta coincidência. Nós, da polícia, desconfiamos das coincidências.

— Nós, os escritores, não podemos viver sem elas.

— O fato de nós dois não termos um pé, por exemplo...

— Não quero falar disso.

— Claro, claro. Não há possibilidade de o senhor, de você, ter ouvido alguma conversa, algum comentário sobre o crime, e ter usado ele, inconscientemente, como inspiração para...

— Quando foi o crime?

— Mês passado. Dia 12.

— O livro já estava na editora.

Ele levantou as mãos na frente do peito antes de bater com elas levemente nas coxas, querendo dizer que isso encerrava a questão. Olhou em volta e comentou a quantidade de livros empilhados. Eu disse que a maioria era do meu pai. Ele disse que infelizmente não tinha tempo para ler.

— Só leio porcaria.

Então se deu conta.

— Epa. Desculpe.

— O que é isso? Tudo bem.

— Eu não quis dizer porcaria. Quis dizer livros de leitura rápida. Que se vendem em banca.

— Porcaria. Tudo bem. Histórias de quinta categoria.

— Não. Os seus são muito bons.

— O que é isso? Eu uso pseudônimos diferentes. Como você sabe que são todos meus?

— Pelo estilo. E o herói. Sempre é um ex-marinheiro.

— E se chama Conrad.

— Isso eu não tinha notado. Por que Conrad?

— Dona Maria, o rádio!

— Curioso, autores diferentes, mas sempre o mesmo herói.

— E a mesma história.

— O senhor está escrevendo um agora? Você.

— A continuação do *Ritual macabro*. Já estou na metade.

— Não me diga! O Grego também está nesse?

Deixa eu ver se me lembro. Já faz algum tempo, esse primeiro encontro. Entardecia. Era primavera? Era primavera. Eu não gostava de interrupções no meu exílio, mas de alguma maneira aquele homem me interessava, com seus olhos saltados e suas coincidências e o seu pé postiço, sob a luz esmaecida que entrava pela janela. Não sei se foi naquela primeira vez que ele me contou que seu pé era de cabrito.

De cabrito! Ele perguntou se o Grego também estava no novo livro e eu respondi que estava.

— E o que ele anda aprontando?

— Bom. Depois da cena final de *Ritual macabro*, Conrad passa alguns meses num hospital. Quando começa o novo livro, ele está pronto para sair do hospital. Recebe a visita de uma mulher, linda, linda, chamada Linda. Ela traz um envelope com dinheiro, dez mil dólares, e um bilhete. O bilhete é do Grego e diz apenas: "Não desista". Quando ele vai perguntar para a mulher o que significa aquilo, descobre que a mulher não está mais ali. Ninguém sabe quem é ela ou de onde ela veio. Ele sai do hospital. Sente uma grande nostalgia do mar. Usa parte dos dez mil dólares para pagar alguns estragos que andou fazendo na cidade na caça ao Grego.

— Eu me lembro.

— Procura o inspetor Hennessy, da Interpol. Seu melhor amigo. Um irmão mais velho.

— Hennessy, claro. Como o conhaque.

— Diz a Hennessy que vai tirar umas férias. Que está enojado de tudo. Que se um monstro como o Grego pode escapar da justiça, então a justiça não significa mais nada. Diz que, face a face com o Grego, olhou no olho injetado do Mal e sentiu uma vertigem, sentiu que aquele monstro poderia carregá-lo para o fundo, e por isso recuou, e pela primeira vez na sua vida não confiou nas suas forças.

— Não parece o velho Conrad falando.

— Neste livro ele está mudado. Se sente velho, sujo, diz que quer voltar para o mar para se reencontrar. Sentir o sol e o sal na sua pele. O cheiro de livro velho. O mar de Ulisses, o mar de Sinbad e de Nemo...

— De Camões.

— Quem?

— Camões. Os portugueses. Grandes navegadores.

— Ah. É. Conrad compra passagem para um cruzeiro de luxo. Ele está profundamente abalado pela sua experiência em *Ritual macabro*. A figura do Grego o perturba de uma maneira inexplicável. Não apenas porque foi o primeiro vilão que ele não justiçou antes da página noventa e cinco, o primeiro que o fez recuar. Mas porque ele sentiu que, no Grego, tinha tocado em alguma coisa mais profunda e obscura do que uma vocação criminosa ou uma patologia ou apenas um tipo literário.

Senti um certo desconforto no inspetor, que obviamente também não queria ser carregado para o fundo. Preferia histórias simples. Crime e castigo. Nada que não fosse resolvido na última página, sem deixar fiapos ou dúvidas ou, acima de tudo, perturbações filosóficas. Porcaria. Mas eu há anos não falava tanto com alguém. Estava entusiasmado com a minha própria voz. Há quanto tempo!

— Entende? Aqueles crimes ritualizados. Sem motivos, mas ao mesmo tempo obedecendo a um padrão, a uma lógica terrível, a uma compulsão antiga e reincidente e... e... Entende?

O inspetor olhou o relógio antes de responder:

— Sim.

— Conrad sente que está envelhecendo, e pela primeira vez na vida pensa nos seus próprios motivos. Pensa na morte. Ele que já enfrentou a morte centenas de vezes só nos meus livros, pela primeira vez pensa seriamente no seu fim.

Está escurecendo. O inspetor coloca um pé sobre o joelho da outra perna. É o pé ruim. O sapato é menor do que o do outro pé. Não me lembro se eu já sabia que aquele pé era de cabrito. Não me lembro de detalhes. Não estou reproduzindo o diálogo daquele primeiro encontro com exatidão, claro. Muita coisa é invenção. O inspetor estava claramente impaciente. Mas eu continuei.

— No mesmo navio viaja um traficante internacional de armas chamado Mabrik. Viaja com a sua mulher, uma dinamarquesa loira e esguia que, na primeira vez que olha para Conrad, estende a língua, como um réptil roxo, e toca com a ponta da língua na ponta do próprio nariz.

— Epa — comentou o inspetor, seu interesse reaceso.

— Pois é — concordei. — Sempre que os olhos de Conrad e da loira se encontram, ela o chama com o mesmo truque, usando a língua como um dedo. O jogo é livre no navio, e Mabrik é um jogador obsessivo. Perde e ganha milhares de dólares a cada noite. A loira não o acompanha na sala de jogos. Fica no bar, controlada pela mãe de Mabrik, uma velha de bigode que só usa preto e está sempre cochilando. Se fosse outra história, Conrad não perderia tempo em decidir entre os dois desafios: tirar alguns dólares, ganhos com o sofrimento humano, de Mabrik, o mercador da morte, no jogo, ou aceitar o convite para experimentar a língua da loira quase descendo pela sua garganta ou enroscando-se, como uma serpente roxa, no seu pau. Mas Conrad não é mais o mesmo.

O inspetor desanimou de novo. Na hora eu pensei que ele talvez nem fosse um inspetor, que tivesse inventado toda aquela história para me descobrir, penetrar no meu exílio e cobrar o final inconclusivo de *Ritual macabro*. Apenas um leitor insatisfeito. Agora era claramente um ouvinte insatisfeito.

— Conrad tinha voltado ao mar para se reencontrar, como alguém que volta à sua fonte para se regenerar, mas tinha acontecido o contrário. O mar, o mar dos vikings e dos piratas, de Drake, de Sabatini...

— De Vasco da Gama — sugeriu o inspetor, curvando-se para olhar o relógio, pois escurecia rapidamente.

— O mar tivera outro efeito em Conrad. Agora era outro mistério o que antes tinha a familiaridade reconfortadora de um berço. O mar era mais uma manifestação daquela angústia sem nome que ele sentia, daquele horror opressivo que nem ele, nem o autor conseguem transformar em palavras. O mar não o consola mais, antes aumenta o seu horror, a sua impressão de um desígnio maligno por trás de tudo, dos homens e da natureza. Era isso que eu queria contar. O Grego fizera aquilo, desencadeara aquele horror no peito de Conrad, com seus crimes ritualizados. Em nenhuma das suas outras aventuras Conrad enfrentara um criminoso como o Grego, e no entanto o Grego só era diferente dos outros vilões porque seus crimes não eram injúrias para Conrad vingar, pústulas passageiras para Conrad cauterizar antes de seguir para outra cidade e outra história, mas uma linguagem, um subtexto. Todas as histórias de Conrad eram sempre a mesma história, e agora ele e o autor descobrem que outra história estava sendo contada por baixo da história deles, uma história reincidente também, como num ritual. As palavras que o Grego escreve nas paredes, em grego, com o sangue das suas vítimas, são como trechos vislumbrados dessa outra história, fragmentos de revelação. Conrad descobre que, todo este tempo, desde a sua primeira aventura, esteve participando do ritual sem saber. Entende?

O inspetor ergueu-se da cadeira. Ele não viera ali para ouvir aquilo. Subtextos não se compram em bancas. Disse que, infelizmente, precisava ir, que agradecia a minha gentileza, mas... Eu o detive.

— Espere! Acontece uma coisa estranha. Uma noite Conrad sai para o convés. Talvez tentando, pela última vez, desesperado, uma reconciliação com o mar e com a sua antiga pureza. O convés está vazio. E então acontece uma coisa estranha. O navio entra numa zona absolutamente silenciosa. Não se ouve nada. Nem vento, nem o ruído do mar, nem o ruído surdo, mais pressentido do que sentido, como um subtexto, das máquinas do navio. Silêncio completo.

E então aconteceu uma coisa estranha. O inspetor e eu parecíamos ter entrado também numa zona de silêncio absoluto. Olhamos um para o outro, espantados. Levamos algum tempo para nos darmos conta de que dona Maria havia desligado o rádio. Ela apareceu na porta da cozinha e levou um susto quando viu o inspetor. Não tinha ouvido ele entrar. Nem ouvira a nossa conversa, com o rádio naquele volume. E era a primeira vez em muitos anos que via alguém comigo na sala. Depois disse, do mesmo jeito soturno com que diz tudo:

— Rá. O gordo e o magro.

— O que é, dona Maria?

— Já vou indo. O jantar está na geladeira. A roupa passada está em cima da tábua.

— Muito obrigado, dona Maria.

Depois que ela saiu, o inspetor, que permanecia de pé, virou-se para mim, os olhos ainda mais saltados, e perguntou:

— E daí?

— O quê?

— Conrad. No convés.

— Silêncio absoluto. E então ele ouve uma voz feminina, cantando. Chega a olhar pela amurada do navio, esperando ver uma sereia acenando para ele do dorso de uma onda. Mas o mar é uma planura cinzenta e espessa coberta por uma fosforescência irreal, sem sereias. E então ele vê, no convés, a poucos metros de distância, também debruçada sobre a amurada, uma mulher. Ela está cantando. É Linda. A mulher que levou o envelope do Grego para ele no hospital.

— Outra coincidência.

— Em outra história, seria uma coincidência. Nesta, não é.

— Como?

— Está bem, é. Mas agora Conrad sabe que existe outro enredo, secreto, por trás deste, e não tem muita certeza de que quer ver como ele acaba. Em outra história ele não hesitaria em se aproximar de Linda, pois sabe que ela o levará ao Grego. Agora hesita.

— Não parece o velho Conrad.
— Não é o velho Conrad.
— Posso perguntar uma coisa?
— Por favor.
— O que era que o Grego escrevia, em grego, nas paredes, com o sangue das suas vítimas? No livro isso não fica claro.
— Claro que não fica claro. Eu nunca digo o que ele escreveu.
— Você não sabe?
— Dona Maria, abaixa o rádio!

O silêncio era absoluto. Ele sorriu. Depois ficou sério. Talvez estivesse tentando decidir se eu, além de perneta, era louco. Ou não. Disse:

— Posso fazer outra pergunta?
— Por favor.
— Por que você não me perguntou o que o assassino de verdade escreveu com o sangue, na parede, no Jardim Paraíso?

Fiz um beiço e dei de ombros. Foi a única resposta que me ocorreu. Depois perguntei o que o assassino de verdade tinha escrito com o sangue, na parede, no Jardim Paraíso.

— Estava quase tudo apagado. Sobraram só alguns traços, quase imperceptíveis. Foi por isso que os repórteres não viram.
— Apagado, como?
— Uma faxineira irresponsável. Foi ela que descobriu o corpo, e a primeira coisa que fez foi limpar tudo. Além de irresponsável, má faxineira, porque limpou mal.
— Ela não tem muita prática.
— Como é que você sabe?
— Eu conheço.
— Mas eu nem disse quem é.

— Ela não se chama Lília?
Silêncio. Depois ele disse:
— Saiu o nome no jornal.
— Se saiu, eu não li. Nunca leio jornais.
— Então como é que você sabe?
— A coincidência era atraente demais para não acontecer.

O inspetor deu uma volta pela sala, lentamente, cuidando para não tocar nas pilhas de livros, pensativo. Perguntou se podia fumar, eu disse que sim, mas ele não pegou nenhum cigarro. Depois sentou de novo e me encarou. Sorriu, como que dizendo "O que é que nós vamos fazer com você?". Disse:

— Coincidências, coincidências. Eu não gosto de coincidências.
— Eu também estou começando a não gostar.
— Me diga uma coisa, Stephen.
— Estevão.
— Estevão. O Grego, nesse novo livro, pratica algum crime parecido com os do primeiro?
— Eu estou recém na metade. Conrad e Linda estão no camarote dela. Ele está introduzindo a sua mão queimada pelo sol e o sal de muitos mares sob a blusa de Linda.
— Então ele se aproximou dela, no convés.
— Sim, sim. Neste ponto já aconteceu muita coisa. Conrad decidiu enfrentar seu destino, apesar das premonições. E, mesmo, sou eu que decido o destino dele. Se ele não o enfrentasse não haveria livro, e eu já estou atrasado para terminar o livro. Conrad e Mabrik se encontraram num jogo de pôquer que dura cinco ou seis páginas. Conrad limpou Mabrik. No fim Mabrik jogou o tesouro que lhe restava, a dinamarquesa loira e esguia, mas Conrad, que é um cavalheiro, recusou. Mesmo porque já tinha comido a loira dentro de um bote salva-vidas.

— Uma trepada de muitas páginas.

— Não. A grande trepada vem agora. A trepada com a loira eu cortei no momento em que sua grande língua se enrosca, como uma serpente roxa, no pau de Conrad.

— Como termina o jogo de pôquer?

— A mesa de jogo está rodeada por algumas das maiores figuras do mundo dos negócios, reunidas naquele cruzeiro milionário. Americanos, donos de cadeias de lanchonetes que cobrem o globo como uma malha gordurosa. Nobres europeus arruinados escoltando viúvas ricas cujos rostos, misericordiosamente, mal são vistos por trás de camadas de maquiagem. Potentados árabes com petróleo até no cabelo e suas imensas mulheres.

— Corruptos brasileiros.

— Nenhum brasileiro. Mabrik não pode ficar mal diante da comunidade internacional do dinheiro. Negocia armas de todos os calibres para todas as causas. Suspeita-se que consegue até armas químicas e tem fama de sempre cumprir seus compromissos. Em suma, é um patife honrado. Precisa de uma saída honrosa, senão perde o seu crédito. Então faz o seguinte. Abre uma carteira de couro marroquino e de dentro da sua última dobra pinça uma nota de dinheiro armênio que só uma tira suja de durex separa da ruína. Diz: "Esta nota não vale um peido. Nem a Armênia existe mais. Mas é a coisa mais valiosa que eu possuo. Foi o primeiro dinheiro ganho pelo meu pai, Mabul, que vendeu uma carabina aos turcos para usar contra o seu próprio povo, pois foi mais fiel a um negócio concreto do que a abstrações como pessoas e pátria, e até hoje é a luz que ilumina o meu caminho e o exemplo que guia os meus atos. Com esta nota eu pago a minha dívida. Se estivesse colocando o meu coração na mesa, não doeria tanto". E Conrad fica num dilema. Não aceitar aquela nota malcheirosa significava menosprezar o gesto generoso de Mabrik e afrontar as pessoas em volta, todas seguidoras da ética de Mabul. Aceitar a nota, e o valor que os outros dão à nota, significava aceitar uma cumplicidade com Mabrik e a sua linhagem assassina. Conrad então recusa a nota, dizendo que não poderia viver com a culpa de ter causado tanta dor a Mabrik, e diz que Mabrik fica lhe devendo um favor. "Um favor de que tamanho?", pergunta Mabrik. "Do tamanho do valor que você dá a essa nota malcheirosa", responde Conrad.

— Cacete!
— Obrigado.
— E o Grego ainda não apareceu na história.
— Ainda não.
— Mas vai aparecer.
— Claro. Você já tem alguma coisa planejada para ele? Algum crime?
— Tenho. Primeiro preciso escrever a cena da trepada. Sempre é a que dá mais trabalho. É difícil chegar a um equilíbrio certo entre a crueza que o leitor de porcaria espera e um certo, digamos assim, recato lírico. E pau, pau, mas não necessariamente boceta, boceta.
— Eu noto que você tem algum problema com vaginas.
— Pelo amor de Deus! Em *O homem cinza* eu descrevo a grande trepada do ponto de vista da boceta. É a boceta que conta a trepada, por assim dizer. O pessoal da editora até encrencou. Disse que o leitor comum não ia entender.
— Desse eu não me lembro.
— Depois da trepada, que sempre acaba com as mulheres perdidamente apaixonadas por Conrad, Linda resolve ceder e contar onde o Grego está. Mas Conrad não gosta do que ouve. O Grego está à procura de Ann.
— Ann?
— E você ainda diz que é meu leitor atento.
— Ah. Ann. A namorada de Conrad.

— Sim, a doce Ann, a jovem médica que queria casar com Conrad, mas que ele rejeitou, porque não queria envolvê-la na sua vida perigosa e instável.
— O Grego alcança Ann?
— Alcança. Provavelmente lá pela página sessenta.
— E mata?
Hesitei. Eu ainda não tinha decidido se Ann morria ou não. Mas não queria decepcionar o inspetor.
— Mata.
— Como?
— Ele se apresenta na casa de Ann. Diz que se chama Hennessy, como o conhaque. Ann já ouviu falar de Hennessy, Conrad lhe falou dele: "É como meu irmão mais velho". Mas este Hennessy não é como Conrad o descreveu. "Desculpe, eu não quero ser indelicada", diz Ann, a doce Ann, "mas você tem uma identificação?" O Grego responde: "Não tenho, mas se você quiser posso descrever Conrad em detalhes. Somos grandes amigos, como você sabe. Ele tem uma cicatriz aqui, outra aqui...". E o Grego passa a descrever todos os ferimentos que ele mesmo infligiu a Conrad, em *Ritual macabro*. Ann recua, horrorizada. "Não, não, Conrad não tem essas cicatrizes." "Tem agora", diz o Grego, sorrindo. "E eu também sei onde ele está, neste momento. Num navio de luxo, provavelmente na cama com uma mulher linda, linda, que ele pensa que seduziu, e que por isso lhe contará tudo sobre como me encontrar, mas que na verdade tem ordens minhas para contar tudo. Em pouco tempo Conrad estará aqui, e outra mulher linda, linda lhe dirá onde me encontrar." "Quem?", pergunta Ann, que agora está achatada contra a parede, pois o Grego segura uma faca contra o seu pescoço. "Você, minha querida", diz o Grego. "Não com suas próprias palavras. Com as minhas. Deixarei as direções para Conrad me encontrar gravadas no seu corpo. Ele precisará decifrá-las, claro, mas

isso não será problema para Conrad." "Você é um louco!", grita Ann, a doce Ann, que nunca gritou com ninguém. "Não, não", diz o Grego. "Você não entendeu. Eu não sou louco. Esta é outra história. Conrad entendeu isso, por isso eu o derrotei da última vez. O terrível é que eu não sou louco." E com isso o Grego enfia a faca no pescoço de Ann, cuja última palavra, junto com uma golfada de sangue, é "Con...".

O inspetor tinha feito uma careta quando o Grego enfiou a faca no pescoço de Ann. Perguntei:

— Você já matou alguém, inspetor?

— Já. Várias vezes. Quer dizer. Já matei várias pessoas. Você não sabe. Minha vida daria um livro...

— Dos meus?

— Não. — Ele sorriu. — Infelizmente, não.

— Matou... como policial?

Ele fez um gesto para rechaçar minha pergunta no ar e a substituiu por outra.

— O que o Grego fez no corpo de Ann?

— Por enquanto, nada. Isso vem depois. Ainda estou na página quarenta. Conrad está introduzindo sua mão queimada pelo sol e o sal de muitos mares sob a blusa de Linda, que...

— Você não sabe o que ele vai fazer?

— Tenho uma ideia. Lá no fundo. Na parte do cérebro a que eu recorro para detalhes repugnantes. Não imagino como seja lá atrás. Um jângal, não duvido. Cobras, areias movediças...

Eu estava sorrindo, se me lembro bem, mas o inspetor me olhava como se eu tivesse dito alguma coisa incompreensível, grego para ele. Depois de um silêncio, perguntou:

— E o senhor? Você?

— Eu o quê?

— Já matou alguém?

— Várias pessoas. Nos meus livros. Na vida real, não.

— Você disse que conhece a faxineira.

— É a minha faxineira também. Vem aqui duas vezes por semana.

— Ela não lhe falou nada do crime do Jardim Paraíso?

— Nós mal nos falamos. Ela faz o trabalho dela e vai embora.

O inspetor levantou-se.

— Ela é suspeita? — perguntei.

— Do crime? Não. Talvez cúmplice. Mas lavar a parede foi uma coisa tão estúpida que não é nem suspeita. Ela talvez quisesse proteger alguém. Não é uma moça burra.

— Nós mal nos falamos.

O inspetor despediu-se. Disse que eu não precisava acompanhá-lo até a porta. Tinha uma maneira estranhamente elegante de mancar, pisava no pé de cabrito com uma certa delicadeza, uma certa deferência. Que figura. Na porta, ele virou-se e disse:

— Ouvir você contar suas histórias é quase tão bom quanto ler seus livros!

— Venha quando quiser.

— Olhe que eu venho mesmo.

— Por favor.

Ele já estava saindo quando eu disse:

— Mais uma coisa.

— O quê?

— Você vai falar com a Lília de novo?

— Vou. Afinal, ela ser sua faxineira é um dado novo que pode significar alguma coisa. Não imagino o quê.

E arrematou:

— Odeio coincidências.

Ele ficou parado, sua figura recortada na porta pela luz do corredor, como que pressentindo que aquele diálogo ainda não terminara. Eu falei.

— Você também deve ter boas histórias para contar. A sua vida...

E então ele disse uma coisa curiosa.

— É. Existe mais de uma maneira de perder o pé. E saiu.

2.

À noite é pior. Comi meu jantar na mesa da cozinha, acompanhado apenas dos cheiros e ruídos que sobem pelo poço do edifício, as emanações de um abismo de domesticidade. Pessoas falando ou cantando no banheiro. Televisões ligadas. Alguém batendo um bife. Mulheres e crianças trocando gritos entre áreas de serviço, a palavra "Riquinho!" reluzindo como uma moeda de prata no meio dos sons opacos que enchem a minha cozinha, depois o choro de uma criança, possivelmente o riquinho. Não, era para um papagaio, que devolve o epíteto num tom irônico. Cheiro de alho frito. O garoto que passa o dia inteiro imitando a descarga aberta de um carro. Outro louco. Uma briga. Homem e mulher. "Pois experimenta! Quero só ver. Experimenta!" Uma gargalhada, um pedaço de canção e — posso jurar — o cheiro evanescente de um tomate recém-cortado. Pago o apartamento com o que a editora me paga. Para o resto, meu irmão traz dinheiro uma vez por mês. O mais velho. Pergunta se está tudo bem, se preciso de alguma coisa, nem senta. Tenho que ir, tenho que ir, eu não paro quieto, até o mês que vem. Ele está mais gordo do que eu, está sempre com a camisa aberta na barriga, como se o umbigo fosse uma ferida sensível. Ele era o revolucionário, hoje administra as coisas da família, sua muito, não para quieto. Foi ele que ficou com a mãe, depois do acidente. A influência da lua nos destinos humanos terá alguma coisa a ver com a água salgada nas nossas células? Às vezes tenho vontade de soltar o corpo nessa corrente de sons e cheiros que sobe do poço do edifício só para ver se subo com ela. Mas não era isso que eu queria contar.

Exoftálmico é quem tem os olhos saltados, como o inspetor. Como se chamará quem tem os olhos para dentro, como eu? São como duas cavernas, os olhos estão lá no fundo, espiando tudo, nunca se expondo. Olho a cidade pela janela aberta da sala. Fico rodando pela sala, depois do jantar, slosh-slosh, apoiado na minha muleta, o rosto sempre virado para a janela, naquela noite como em todas as noites. Tinha uma nuvem sobre a cidade. Fumaça, poeira, uma nuvem que as luzes da cidade tornavam fulgurante, de um amarelo acinzentado que parecia latejar. As luzes da sala estavam apagadas, como todas as noites. Não sei o que os vizinhos de baixo pensam deste animal que roda sobre suas cabeças depois do jantar, toc-toc, slosh-slosh, este estranho ser que não tem nem televisão. Toc-toc, como Ahab no convés do *Pequod* esperando que alguma revelação assome à janela. Durmo na mesma cadeira em que escrevo, só uso a cama quando a faxineira vem, e depois sou eu mesmo que arrumo a cama. Lília, Lília. O mais difícil é tomar banho, mas meu irmão mais velho mandou instalar ganchos nas paredes, fico sob o chuveiro num pé só, agarrado nos ganchos, como no boxe de um navio que joga. Um ruído surdo, como um subtexto, entra pela janela da sala junto com um vento áspero que passa na pele como lixa. O tráfego da cidade, um borbulhar soturno no fundo da garganta que nunca para. Por que Lília não me falou do crime do Jardim Paraíso? Nós mal nos falamos. Eu mal conheço o seu rosto. Conheço mais o topo da sua cabeça — ou então eu é que estou com a cara entre as suas pernas, o cheiro doce do perfume barato por cima do cheiro de livro velho. Não sei nem onde ela mora. O inspetor sabe. O inspetor conhece esta cidade condenada. Estas profundezas. Ele é uma das suas criaturas. Ele bate na porta da casa de Lília. Provavelmente um casebre numa vila. Meu Deus, Lília pode ter um marido, uma família. Não sei de nada. Preciso pesquisar melhor meus personagens. Uma vez li em algum lugar, ou inventei, que certa atriz, antes de fazer um papel, insistia em saber até o número do telefone da personagem. Quanto ela calça? Como foi a sua infância? Mas essa personagem só tem uma fala na peça, protestava o diretor. Ela só entra e diz que o café está servido. Ou é uma faxineira. Não interessa, diz a atriz, precisa saber a sua motivação. Qual é o seu signo? O pai, alguma vez, ameaçou matá-la com um facão? Gosta de miúdos? O marido sabe que ela está na peça?

    O inspetor bate na porta da casa de Lília.

    — Lembra de mim? Inspetor Macieira, como o conhaque.

Nunca escrevo à noite. Leio, na cadeira, até dormir. Prefiro tomar banho de manhã, pois sempre acordo com a sensação de que estou emergindo de uma cloaca, com fiapos de sonho presos no corpo como dejetos. São sonhos confusos. Nunca lembro bem o que sonhei. Sei que nunca sonho com o acidente. Ou então essa é sempre a parte coerente dos sonhos, a que eu não lembro. Depois do banho fiz meu café. Chegou a dona Maria.

— Meu guri tá com remela dura.
Afastei o bacon. Estava muito seco mesmo. Fui para a sala e comecei a trabalhar. Dona Maria ligou o rádio.

Conrad introduziu sua mão bronzeada pelo sol e o sal de muitos mares sob a blusa de Linda. Seus dedos buscavam o bico daquele seio que durante todo o dia ele vislumbrara, como uma mancha escura, por baixo da blusa. Linda disse "Não!", mas ao mesmo tempo desfez mais um botão da blusa, facilitando o acesso. Conrad estava curioso para ver como eram os seios de Linda. Tinha uma teoria segundo a qual os mamilos diziam tudo sobre uma mulher. O tamanho dos mamilos, o formato, a cor. Os de Linda eram mais rosados do que ele esperava. As auréolas saltavam dos seios e os bicos enrijecidos saltavam das auréolas, como se as pontas fossem os seios dos seios. Sensualidade, altivez, e cedo ou tarde me cravará uma faca nas costas, diagnosticou Conrad. Enquanto sugava um dos mamilos, Conrad procurou com a mão o zíper do short. Linda disse "Não" outra vez, mais um gemido do que uma palavra, e levantou o corpo para que Conrad retirasse o short e depois a calcinha. Atenção, auditório. Na semana passada, vocês se lembram, esteve aqui a dona Valdecina, que fez um pedido realmente comovente. Ela queria construir no matagal atrás da sua casa, no Jardim do Leste, uma capelinha, bem no local em que sua filhinha foi estuprada e assassinada há alguns anos. A prefeitura não queria permitir. Pois bem. Oh, Conrad. Sim, sim! Linda estava soluçando de prazer. Conrad, enquanto trepava, mantinha um distanciamento analítico. Isto não é fingimento, concluiu. Ela está gozando mesmo. O velho lobo do mar fisgou mais uma com seu anzol infalível. Sim, sim. Que importam a finitude humana e a perversidade do mundo se os justos comandam seus destinos? A questão não é se Deus existe ou não, a questão é se você vai brochar só por causa disso. A prefeitura vai permitir que dona Valdecina construa a sua capela. E tem mais. Mais, mais, gemia Linda. Nós recebemos a primeira doação para a construção da capelinha, e ouçam que coisa comovente, que coisa sensacional. Atenção, auditório. A primeira doação veio justamente do homem que estuprou e matou a filhinha da dona Valdecina! Dorival Marques, o Dori, hoje cumprindo pena na Penitenciária Estadual. Dona Valdecina, venha até aqui. Mais! Mais! Havia algo de desesperado no pedido de Linda, nas suas pernas entrelaçadas nas costas do velho lobo do mar, na sua voz.

— Onde está o Grego? — perguntou Conrad.

Ela parou. Sem descolar o rosto do rosto de Conrad, perguntou:

— O quê?

— O Grego. Onde ele está?

Ela deixou a cabeça cair no travesseiro. Olhou nos olhos de Conrad. Como nuvens passando num céu ventoso, o desejo deu lugar à surpresa e esta ao desapontamento nos seus grandes olhos azuis. Finalmente ficou apenas um azul triste e pálido, quatro horas de uma tarde de verão em Estocolmo.

— É por isto que nós estamos aqui?

— Não — disse Conrad. — Mas já que estamos tão íntimos, aproveitei para perguntar.

— Cachorro — disse Linda, tentando empurrá-lo de cima dela.

— Está feliz, dona Valdecina?

— Dona Maria, o rádio!

— Eu sei que você gostou — disse Conrad. — E quer mais. Pois estou propondo um negócio. O primeiro orgasmo foi de graça. Pelo segundo, você me dirá onde encontrar o Grego.

— Para ter outro orgasmo eu não preciso de você. Basta um vibrador.

— Mas um vibrador não tem o meu caráter.

— E a senhora vai perdoar o Dori, dona Valdecina?

— Isso nunca, né? Pode ser que algum dia. Mas por enquanto...

— Abaixa o rádio, dona Maria!

— Está bem — disse Linda. — Mas dois orgasmos é pouco. Quero quatro, um em cima do outro. Antes de irmos tomar um drinque no convés para ver o pôr do sol.

— Quatro orgasmos antes do pôr do sol... — suspirou Conrad. — Não sei. Preciso consultar as bases.

E Conrad soergueu o corpo para olhar seu pênis semienterrado entre as coxas de Linda. Linda sorriu. Mas seus olhos continuavam tristes.

— Pagamento adiantado — propôs Conrad.

— De jeito nenhum. Que garantia eu tenho que você vai conseguir?

— Que garantia eu tenho que você vai me dar a informação depois do quarto orgasmo?

— Nenhuma. E a minha informação pode ser falsa. Já um pau duro não pode ser falsificado.

— Nada feito — disse Conrad, e começou a levantar-se.

Linda o prendeu dentro dela, recruzando as pernas nas suas costas.

— Espere. Proponho um meio-termo. Depois do terceiro orgasmo, eu digo.

— A verdade?

— A verdade. Juro.

E Conrad começou a mexer lentamente, olhando nos olhos de Linda, vendo o azul dos seus olhos transformar-se gradualmente, tarde de verão em Estocolmo, manhã de primavera em Veneza, anoitecer de outono em Delfos, até os olhos se fecharem. Mais, mais.

Éramos sete irmãos. Como eu era o mais moço, sentava entre o pai e a mãe no nosso banco da igreja, os outros seis à direita da mãe. O perfume algo cítrico da mãe, o cheiro estranhamente metálico do pai. Nos almoços de domingo no casarão, ninguém saía da mesa depois de comer. Era "dia de conversar com o pai". Ele ficava fumando seu charuto, a cadeira posta num ângulo com a cabeceira da mesa, as pernas cruzadas. Quando estava irritado, só ele falava. Defendia alguma posição tomada durante a semana nas reuniões do laicado, ou criticava alguma posição da qual discordava, com veemência, mas sem perder o jeito magnífico de ordenar as palavras para nós, seu público cativo. Fixávamos os olhos na ponta do charuto com que ele diagramava no ar a eloquência bem arquitetada das suas frases — linha, ponto, espiral, parábola, exclamação. Vez que outra ele pegava um guardanapo de cima da mesa e em seguida o jogava de volta, com o desdém que merecia um argumento rechaçado. Ele vivia para a igreja. Nosso pai — disse uma vez meu irmão mais velho — não tinha fé, tinha febre. Ao meu lado no banco da igreja ele fechava os olhos e franzia a testa e, com a cabeça atirada para trás, parecia estar se esforçando para ouvir uma música longínqua, ou outra missa, só para ele. Fora da igreja a religião o agitava. Ficava vermelho, vociferava. Mas nunca a ponto de errar a colocação de uma oração subordinada. Não lembro o que dizia. Podia inventar, agora, mas mesmo agora, com esta máquina no colo, anos depois da sua morte, me pareceria uma afronta adaptar a sua eloquência a estas pequenas ficções. Nem sei quem vai ler isto. Desconfio que, se acontecer o que temo, dona Maria ficará com tudo que é meu. E só levará o rádio. O rádio, dona Maria! Talvez algumas panelas e a muleta, para o caso de secar a perna de um parente. Mas fui eu que enfrentei o meu pai pela primeira vez. Fui o primeiro. Um erro meu numa conta elementar ficara famoso na família, e sempre que se dirigia a mim ele dizia: "E o nosso gênio da matemática, o que tem a dizer?". Um dia, um domingo, tomado por não sei que demônio infantil, respondi: "Gênio é a vó", e houve um arquejo coletivo na mesa, como se todos previssem o meu banimento da casa ou coisa pior. Mas ele deu uma gargalhada. Eu era o mais moço e era o favorito do meu pai. O único que frequentava a sua biblioteca. Foi lá que certa vez — anos depois da minha pequena rebeldia, eu nem sentava mais entre o pai e a mãe no banco da igreja, sentava numa ponta, já com um pé no exílio — ele arrancou um livro das minhas mãos e me disse para não perder tempo com os gregos. "Os gregos só têm as perguntas, comece a ler as respostas." Tragédias inúteis e deuses familiares, esqueça-os. Catarse não resolve. "Epifania!", exclamou, pressupondo que eu soubesse mais do que sabia. "Epifania e revelações. A história humana precisa de revelações. Sem revelações tudo volta ao seu começo, tudo se repete, não há salvação." Eu não queria ser salvo? Salvação. Eu não entendia. Como, salvação? Eu já estava salvo. Me confessava e comungava todas as semanas, e certamente havia um banco só para a nossa família no céu também. "Os deuses da Grécia eram deuses do cotidiano, deuses para se encontrar no bar. Seu irmão gostaria disso, hein?" Referia-se ao irmão do meio, Francisco, que bebia como o desesperado que era. "Talvez seja isso que ele procure nos bares, um deus irmão, com as suas mesmas fraquezas, e com um exemplo pessoal pronto para consolá-lo." Ele ainda estava com o livro arrancado na mão e o sacudiu na minha frente. "Esqueça isto. Não procure irmãos entre os deuses, nem deuses entre os irmãos", disse.

Ou coisa parecida. Perguntei por que aqueles livros estavam na biblioteca, se eram para ser esquecidos. Ele riu. Disse: "Aos dezoito anos tive o cuidado de ler toda a obra de Nietzsche. Logo depois, tive o cuidado de esquecer tudo que li". Eu devia procurar epifanias e revelações. Para ser salvo, pelo menos na biblioteca do meu pai. Logo depois que ele saiu, pus-me a percorrer os títulos nas estantes freneticamente, procurando um nome. Nite. Nite. Quem seria aquele Nite?

O rádio. O dia inteiro, o rádio.
— Ele está aqui, auditório. Por uma deferência especial do serviço judiciário com este programa, trouxemos... Entrem, por favor... o apenado Dorival Marques, o Dori. Como vai, Dori?
— Bem, sim, senhor.
— Dori, você ficou sabendo da campanha da dona Valdecina para construir um santuário para a sua filha, a Valdeluz, no terreno atrás da sua casa, por este programa, não foi assim?
— Sim, senhor.
— E assim que ficou sabendo, o que foi que você fez, Dori?
— Mandei, né? Pedi pra mandarem um dinheirinho.
— E você sabe que a sua contribuição foi a primeira a chegar, Dori?
— Pois é.
— O que foi que você pensou, quando ouviu a dona Valdecina falando aqui no programa sobre a Valdeluz, Dori?
— Bom. A gente fica, né?
— Você sentiu remorso, não é assim, Dori?
— Senti, senti. Eu não queria que acontecesse aquilo.
— Calma, auditório. Vamos deixar o Dori falar. Você sentiu remorso, Dori.

— Sabe como é. Tem horas que o cidadão não se controla. Parecia que não era eu. Até hoje eu penso assim: puxa, era eu fazendo aquilo?

— Você disse uma vez que estava tomado pelo demônio.
— É. Eu me senti que, assim... Que não era eu, entendeu?
— Você é religioso, Dori?
— Sou, sim, senhor. Sou do Olho do Divino.
— Você reza, Dori?
— Seguido.
— Você reza pela alma da Valdeluz, Dori?
— Rezo. Pela dela e pela minha.
— Você acha que o demônio ainda está em você, Dori?
— De jeito nenhum. Aprendi minha lição.
— Dori, a dona Valdecina está aqui.
— Eu sei.
— Você gostaria de ver a dona Valdecina, Dori?
— É. Depende dela, né?
— A dona Valdecina está nos ouvindo lá de trás. A senhora não é obrigada a vir até aqui, dona Valdecina. Este homem cometeu o mais terrível, o mais pavoroso crime que um homem pode cometer. Ele roubou a inocência de uma criaturinha, depois roubou a sua vida. Ele foi condenado pela lei dos homens e está cumprindo sua pena. Ele mesmo se condenou pelo que fez e está se punindo com o arrependimento. Agora nós estamos esperando o julgamento do seu coração, dona Valdecina. De onde estiver, a Valdeluz também está esperando para ver o que a senhora vai fazer. Eu sei que é uma decisão difícil. Atenção, auditório. Quantos acham que a dona Valdecina deve vir até aqui falar com o homem que estuprou e matou a sua filhinha?

Enquanto isso, Conrad recorria à Rotação Contraequatorial, uma técnica que aprendera de um marinheiro holandês, para fazer Linda chegar ao segundo orgasmo e pedir mais, mais. A pena é o pai e o arado, e o papel é a mãe e a terra neste velho ritual de profanação e semeadura, mas que possível significado podem ter os tipos metálicos de uma máquina golpeando um pobre papel? De certa maneira, escrever à máquina corresponde a mandar capangas fazer o nosso serviço sujo. Mantemos as mãos limpas. Os que cavavam as letras primitivas com cunhas em tabletes de barro, estes sabiam que crime estavam cometendo. Foram os primeiros. Sempre que preciso trocar a fita da máquina, vou correndo depois lavar as mãos como se elas estivessem sujas de sangue. Os que escrevem com pena assumem os seus livros e seus dedos sujos. Nós temos um álibi. Somos apenas os autores intelectuais das nossas tramas.

— Muito bem. E os que acham que dona Valdecina não deve vir cumprimentar o Dori?

Linda chegou ao segundo orgasmo em pouco tempo, mas o terceiro levou três páginas cheias, durante as quais Conrad recorreu aos ensinamentos que o velho Vishmaru lhe transmitiu em *O homem cinza*, o recolhimento a uma espécie de câmara interior, um ponto localizado no centro geométrico do corpo, atrás do umbigo, de onde o iniciado podia controlar todas as funções e sensações do seu corpo como se fosse um técnico atrás de um painel comandando um autômato. Quando eu era criança, inventei um personagem, um outro eu, igual a mim em tudo, com a diferença de que jogava futebol melhor e não era da família. Um menino estranho, de origem desconhecida, que frequentava a nossa casa e a nossa mesa dos domingos, mas morava num barco, e saía a navegar pelo mundo sempre que nossos problemas o aborreciam demais, e que tinha com relação a mim o mesmo sábio distanciamento que o Conrad interior, o Conrad iniciado nos ensinamentos de Vishmaru, tinha em relação ao Conrad que agora recorria a todas as suas técnicas — o Chicote de Ormuz, o Meneio Levantino, o Estacato Turco — para fazer Linda chegar ao terceiro orgasmo. Vishmaru vivia numa casa senhorial perto de Londres, acompanhado de Kabal, metade mulher, metade cachorro, e além de ser um mentor espiritual de Conrad também o aconselhava nas aplicações financeiras que o mantinham independente e incorruptível. Vishmaru dizia que o homem completo precisa de dois olhos para ver a realidade com perspectiva, um terceiro olho para enxergar a verdade cósmica e um quarto olho nas bolsas de Londres e Nova York, pois a peregrinação mística é favorecida por um bolso cheio. Certa vez coloquei na boca de Vishmaru uma condenação veemente dos editores e do pouco que pagam aos autores, mas a editora cortou. Valendo-se da sabedoria de Vishmaru e do que aprendera em todos os portos do mundo sobre como atingir a segunda maior aspiração do homem justo — depois de combater o Mal em todas as suas formas —, que é fazer a mulher gozar, Conrad foi buscar no fundo de Linda o terceiro orgasmo. Convulsivo, ondas sobre ondas, a besta quebrando a superfície, o mar recuando e mostrando o seu chão, o lodo quente. É disto que nós somos feitos, foi neste sulco escancarado que nos semearam. Três páginas cheias de datilografia intensa, mas valeram a pena. Conrad rolou para um lado. Levantou a cabeça e olhou para Linda. Ela sorria levemente. O azul dos seus olhos era o de uma noite estrelada sobre o deserto, que é o mar finalmente saciado, ou coisa parecida.

— É uma cena emocionante. Eles estão se abraçando. Dona Valdecina está chorando. O Dori também está chorando. De onde estiver, Valdeluz está olhando para esta cena. O seu santuário será construído, ela nunca será esquecida! Deus não abandona as suas criaturas!

— Dona Maria, o rádio! Eu não posso trabalhar!

— E agora, a verdade. Onde está o Grego?

Conrad inclinou-se para fora da cama para pegar um cigarro no bolso do seu blazer. Não, não fez isso. Conrad não fumava. Insistiu:

— Quero a verdade.

O sorriso no rosto de Linda era agora apenas um resquício do outro, como um clarão que fica na retina depois que fechamos os olhos.

— Você tem certeza de que quer saber?

— Quero.

— Você não vai gostar.

Conrad soergueu-se na cama e examinou o rosto de Linda, apoiado num cotovelo. O rubor estava deixando as faces dela. A superfície se recompunha.

— Fale — ordenou Conrad.

— Neste momento, ele deve estar com Ann.

Conrad sentiu como se de repente tivesse perdido todas as suas entranhas. Não encontrou nem os pulmões para tirar o ar e produzir a palavra amada. Ann? A sua Ann?

— Eu disse que você não ia gostar.

— O que ele quer com Ann?

— Você deve perguntar o que ele quer com você.

Conrad agarrou o rosto de Linda entre os dedos e virou a cabeça dela violentamente na sua direção.

— Sem jogos! — disse, a cicatriz na sua testa pulsando como um sinal de perigo. — O que ele vai fazer com ela?

— Não sei. Ele só disse que iria procurá-la.

— Como descobriu onde encontrá-la?

— Não sei.

— Fale!

— Ele disse que Hennessy saberia.

— Hennessy? Hennessy jamais revelaria isso ao Grego.

— O Grego tem meios para arrancar informações das pessoas. Mais eficientes do que os seus.

— Como o Grego sabia que eu estaria neste navio?

Agora havia incompreensão nos olhos de Linda.

— Ele não sabia.

— A verdade! Foi ele que colocou você neste navio, para me vigiar.

— Não!

— Foi pura coincidência, nós dois no mesmo navio?

— Juro.

— Não gosto de coincidências.

— Embarquei neste navio para esquecer o Grego. Passei os primeiros dias trancada neste camarote. A primeira noite em que saí foi a noite em que nos encontramos. Levei um susto quando vi você. Era muita coincidência.

— Coincidências assim só acontecem em histórias de quinta categoria.

— Então esta é uma história de quinta categoria.

— Você e o Grego eram amantes?

Linda libertou seu rosto dos dedos de Conrad com um movimento brusco.

— O Grego não precisa de amantes. O prazer dele é outro. Descobri isso muito tarde.

— Você não sabia o que ele fazia? Os assassinatos, o sangue nas paredes...

Linda ficou em silêncio.

— Sabia ou não sabia?

— Sabia!

— E mesmo assim ficou com ele? Com um animal como ele?

— E você?

— Eu, o quê?

— Por que você deixou ele escapar?

— Eu deixei ele escapar? Olhe esta cicatriz aqui. E esta. E esta!

Linda não olhou. Conrad estava ajoelhado na cama, inclinado sobre ela.

— Lutamos três vezes. Nas três vezes ele me venceu, à traição.

— Duas vezes. Na última vez você venceu, mas não o matou.

— Como você sabe isso?

— Ele me contou.

— O Grego disse que eu podia ter matado ele na terceira luta, mas não matei?

— Ele disse que estava no chão, sem defesa, e que você tinha uma arma apontada para a cabeça dele.

Conrad virou o corpo e afastou-se. Sentou na borda da cama, de costas para Linda. Quando falou, sua voz tinha mudado.

— E o que foi que eu fiz?

— Você não sabe?

— Quero ouvir a versão do Grego.

— Ele disse que você ficou mais de um minuto com a arma apontada para a cabeça dele. E que uma sombra passou pelo seu rosto.

— Uma sombra? Ele disse uma sombra?

— Uma sombra. Como se de repente você tivesse percebido alguma coisa, ou se lembrado de alguma coisa...

— Qual é a opinião dele?

— Como?

— Percebido alguma coisa, ou me lembrado de alguma coisa?

— Ele só falou "uma sombra".

— E então?

— E então ele aproveitou a sua hesitação e derrubou você, e correu.

— Primeiro me deu um pontapé, aqui. Depois correu.

— Então foi isso.

Conrad virou-se para encarar Linda. Perguntou:
— Por que ele me mandou aquele dinheiro no hospital, com o bilhete?
— Não sei. Foi a última coisa que eu fiz para ele. Não nos vimos mais.
— O que ele vai fazer com Ann?
— Não sei. Juro.
Conrad levantou-se e começou a catar sua roupa.
— Ei! — disse Linda.
— O quê?
— Nós combinamos quatro orgasmos.

Veja que cena emocionante, auditório. Conrad James, com o pensamento em Ann, sua doce Ann, mas sempre um justo, embora tocado pelo horror e a dúvida, sentindo-se oco por dentro, de novo com o arpão em riste entre as pernas de Linda, tentando atrair do fundo outro orgasmo. Não estará aí uma metáfora para o homem moderno, desprovido das velhas certezas, sem qualquer convicção nova para substituir valores perdidos, e mesmo assim seguindo as moções do instinto, vivendo como se tudo ainda tivesse um sentido? Hein, leitor? Foram os piores dez minutos da vida de Conrad, incluindo as três lutas com o Grego. Ele só pensava em Ann, no Grego com a Ann, na pele branca de Ann e na faca do Grego, e na sombra, a maldita sombra que passara pela sua alma impedindo-o de estourar os miolos do vilão como faria em outras histórias, quando ainda não tinha dúvidas. Eu também senti dificuldades em encher mais três páginas com a caça ao quarto orgasmo. O rádio me distraía — o rádio, dona Maria! —, e também uma certa inquietação que eu não sabia definir, algo a ver com a visita do Macieira. O dia seguinte era dia de Lília, eu perguntaria se Macieira, o inspetor dos olhos saltados, a tinha procurado, e para saber o quê. Ela se surpreenderia, eu falando com ela. Eu perguntaria sobre o crime do Jardim Paraíso. Quem era a mulher? Por que Lília apagara as palavras escritas em sangue na parede? Perguntaria quem era ela, qual era o seu papel naquela trama vagamente pressentida, e que até agora ainda é apenas isto, um pressentimento, um mau palpite. Escrevo isto sem qualquer intenção de evitar que o que tem que acontecer aconteça, ou de incriminar quem quer que seja. Escrevo apenas para que saibam que eu adivinhei a trama, que não fui um inocente até o fim. Será fácil me pegarem. Bastará me derrubarem, levarem minha muleta e barrarem a entrada da dona Maria no apartamento. Não conseguirei me levantar do chão. Meus gritos por socorro se perderão na cacofonia do prédio. Talvez empilhem os livros do meu pai sobre o meu corpo, mais uma garantia de que não me levantarei e morrerei de inanição. Um túmulo encadernado. Mas pelo menos meus irmãos saberão que eu sabia.

Isto, claro, se não destruírem estes papéis.

Eu e Conrad nos esforçamos e, finalmente, arrancamos o quarto orgasmo de Linda, um orgasmo prolongado que acabou em soluços e emendou num choro. Ela se agarrou no pescoço de Conrad e não queria deixá-lo sair da cama. Conrad, o justo, teve que lhe dar alguns tabefes para acalmá-la.

— O que você vai fazer?

— Preciso salvar Ann.

— Estamos no meio do Mediterrâneo! Só chegaremos a um porto daqui a dois dias.

— Darei um jeito. E, antes disso, mandarei telegramas de bordo. Tenho amigos. Contatarei Hennessy.

— Hennessy já deve estar morto. Se o Grego arrancou a informação que queria dele, ele já deve estar morto.

— Duvido.

Conrad acabou de vestir-se. Abotoou o blazer na frente do espelho, examinando o próprio rosto. Pensando: Conrad, você, decididamente, não é mais o mesmo.

— Não vá! — gritou Linda.

Mas Conrad já estava no corredor.

Rumou para a sala de jogo. Mabrik estava na mesa de bacará.

— Arrá, Mr. Conrad. Um joguinho?

— Não. Preciso falar com você.

Mabrik arqueou uma sobrancelha. Tinha a pele morena e oleosa, e lisa. As rugas se concentravam em torno dos olhos, como formigas em torno de melado derramado. E os olhos tinham mesmo a cor de melado escuro. Eram profundos e cruéis.

— É o favor? Você vai cobrar o favor?

— Parte do favor — concedeu Conrad.

Mabrik olhou em volta. Não havia ninguém no bar. Puxou Conrad pelo braço na direção do balcão. O barman veio perguntar o que queriam.

— Que você desapareça — disse Mabrik. E, para Conrad: — E então?

— Você tem contatos em Chipre?

— Tenho.

— Preciso que um helicóptero de Chipre venha me buscar no navio.

— Depois de amanhã chegaremos a Chipre.

— Preciso estar lá amanhã de manhã. E quero pegar um voo para Nova York em seguida.

— Posso perguntar por quê?

— Não.

Mabrik consultou o relógio.

— Vou ver o que posso fazer.

Com um sinal da mão, Mabrik convocou um dos seus assistentes. Um moço muito branco cuja boca muito fina e vermelha parecia ter sido feita com um bisturi há dois minutos. Mabrik escreveu alguma coisa, rapidamente, num pedaço de papel, entregou-o ao assistente e deu ordens numa língua que Conrad não identificou. Quando o assistente se afastou, Mabrik chamou o barman com o mesmo sinal de mão.

— Ouzo — pediu. — E você?

Conrad examinou a prateleira. Ainda não tinha experimentado o bar da sala de jogos. Viu o Glenlivet. Mas isso não era tudo.

— O seu gelo é redondo?

— Não, senhor. Em cubos.

— Então esquece.

— Qual é o seu negócio, sr. Conrad? — perguntou o mercador de armas.

— Nenhum. Vivo das minhas rendas.

— E do que ganha no jogo...

— Ganho pouco no jogo. Ganhar de você foi fácil.

— Por quê?

— Porque você queria me arrasar. Até hoje não sei por quê.

— Obviamente porque eu sabia que você estava comendo a minha mulher.

— Por que não mandou me matar?

— Por favor, sr. Conrad. O senhor me toma por um gângster? Sou um homem íntegro, honesto e limpo. Os meus negócios é que são sujos. Não posso ver sangue.

— Conversa.

— Verdade. Nem sou eu que bato na minha mulher, é a minha mãe.

— Você é um assassino, Mabrik. Está nos seus olhos.

Mabrik ficou sério e em silêncio por um instante. Depois sorriu.

— Então por que eu não mandei matá-lo?

Conrad deu de ombros.

— Você preferiu me humilhar no pôquer. Se vingar e ainda lucrar com isso. Só que não deu certo.

— Conrad, você tem uma falha grave. E surpreendente, num homem com sua experiência.

— Qual é?

— Você não reconhece a ambiguidade humana. Meu povo tem um ditado...

Conrad suspirou. Não tinha paciência com conversas crípticas, e muito menos com ditados armênios. Mas Mabrik continuou.

— "Não me entenda muito depressa."

— O que isso quer dizer?

— Você não pensou que eu podia estar perdendo para você, de propósito?

— Como, de propósito? Você jogou sua mulher!

— Exatamente. Estava lhe propondo um acerto. Mas você não entendeu.

E Mabrik fez um gesto que queria dizer "o que se há de fazer com os inocentes deste mundo?".

— Que acerto? — perguntou Conrad.

— Eu estava abençoando sua união com Nicole. Eu a estava dando a você, pelo menos até o fim do cruzeiro. Legitimando a traição dela e a sua conquista clandestina. E, ao mesmo tempo, salvando a minha cara. Eu a teria perdido no jogo. Não seria um corno, seria uma vítima da sorte, e um honrado pagador de dívidas. Era perfeito. Aplacaria a sua consciência e a minha raiva e salvaria a vida de Nicole. Pensei que você tivesse entendido. Mas você recusou. *Domage.*

— Nicole está morta?

— Ainda não. Minha mãe irá matá-la, e não tem tudo o que precisa a bordo.

Conrad ficou em silêncio. Não sentia nada. Sentia-se eviscerado. Estava pensando em Ann.

— Que mundo, não é, Conrad?

— Não há nada de errado com o mundo. Ele só é muito mal frequentado.

— Há tudo de errado com o mundo, Conrad. Ele nos merece.

— Eu ainda não entendo por que você não mandou me matar.

— Depois que você recusou Nicole, estava condenado.

— Eu sairia da mesa com a nota malcheirosa do seu pai, mas não iria muito longe.

— Claro que não. Você só seria visto de novo numa praia. Ou o que sobrasse de você. Mas você também recusou a nota. Fiquei lhe devendo um favor, e isso salvou a sua vida.

— Depois que o favor estiver pago...

— Você morrerá.

O assistente de Mabrik chegou. Sua boca parecia estar supurando. Ele falou na mesma língua indecifrável para Mabrik, que sacudiu a cabeça afirmativamente e o dispensou com um gesto.

— Tudo acertado, Conrad. Um helicóptero virá buscá-lo no navio amanhã de manhã. Você deve chegar ao aeroporto de Nicósia a tempo de pegar um voo para Londres e de lá uma conexão para Nova York. As reservas já estão feitas.

— Ótimo.

— O meu favor está pago?

— Depende do valor que você dá àquela nota malcheirosa do seu pai.

Mabrik ficou sério. Virou-se de perfil para Conrad, dando a entender que a conversa estava encerrada.

— Não está pago — disse.

Eu não entendia por que meu pai tinha todos aqueles livros encadernados, guardados com aquele carinho, e ao mesmo tempo me dizia para ter cuidado: "Cuidado com as leituras, cuidado com as leituras!". Havia uma edição ilustrada das *Mil e uma noites*, odaliscas carnudas em papel acetinado que eu não sabia se olhava ou se cheirava, a *Ilíada* — "Esqueça os gregos!" — e até uma edição com capa de couro e letra gravada em ouro de *O capital*, que eu olhei só uma vez, procurando as figuras. Um dia ele me encontrou sentado no chão da biblioteca, com um livro aberto na frente, namorando uma gravura sombria do mar, e decidiu fazer uma das suas declarações em tom de oratória. Ele falava do mesmo jeito para um filho menor, um colega de congregação ou um jardineiro, e certa vez fora visto discursando animadamente para um pipoqueiro sobre o simbolismo das chagas de Cristo. Disse: "Todos estes livros, todas estas histórias, todas estas ideias, todas estas palavras não significaram nada — nada! — se não fosse uma coisa. Você sabe o quê?". Não adiantou eu fazer "não" com a cabeça, ele não estava me olhando. "Uma coisa que dá sentido a tudo, uma coisa sem a qual as palavras são apenas manchas no papel, todas as histórias não passam de encantações e todas as ideias nascem mortas. O que é? Me diga, o que é?" Eu disse que não sabia. Ele baixou a voz, dramaticamente, e respondeu a sua própria pergunta. "O pecado." "Certo", disse eu, como se tivesse entendido e concordava sem hesitação. "O pecado!", gritou ele. "O que nos condena é o que nos salva. Ou, pelo menos, salva a nossa literatura."

Ele sentou na sua poltrona preferida, que tinha o couro rachado. Estava, agora, falando sozinho. "Muitas vezes você vai ler um livro e sente que ali falta alguma coisa. Ideias, ótimas. Redação, perfeita. Erudição. Estilo. Tudo. Mas falta uma noção do pecado. Você sente que o autor reuniu todos os ingredientes mas esqueceu o principal. Quem não tem a convicção do pecado nunca fará a grande literatura. Você concorda?" "Certo", respondi, cem por cento de acordo. Ele pareceu se dar conta da minha idade e fez um adendo. "É possível fazer manjar branco sem a essência do coco?" "Impossível", concordei. Manjar branco era umas das paixões dele. Anos mais tarde concluí que ele mantinha a biblioteca como um ex-alcoólatra mantém uma adega bem estocada, para ter sempre à mão a magnitude da sua renúncia. Ou um vertiginoso que escolhe viver à beira do abismo, como um desafio. Depois descobri que aquela era a sua vida clandestina. Uma das suas vidas clandestinas. Eu o entendi depressa demais.

— Lembra de mim? Macieira, como o conhaque.
— Entre — diz Lília.
Como seria a casa de Lília? Um barraco. Como são os barracos? Nunca entrei num barraco. Minha mãe nos levava para distribuir roupa no Jardim do Leste, mas eu batia pé e me recusava a sair do carro. Não gosto do cheiro! Um barraco, mas bem-arrumado. Um quadro do são Jorge na parede. Filhos? Não, Lília não tem filhos. Nem marido. Mora com a mãe. A mãe e uma irmã, isso. Entre. Aceita um cafezinho? O café é servido num copo. Não, num ex-pote de geleia.
— Você está sozinha?
— Minha mãe está no quarto dos fundos.
A mãe é doente. Elefantíase. Não. Fraca do pulmão.
— É sobre o crime do Jardim Paraíso...
— Sei.
— Você não disse à polícia que era faxineira de Estevão, o sem pé.
— Que importância tem isso?
— Você sabe que ele escreve livros?
— Sei.

— E que num dos seus livros ele descreve um crime igualzinho ao do Jardim Paraíso?

Surpresa nos olhos castanhos de Lília. Não são castanhos. Meu Deus, como são os olhos de Lília? Surpresa nos olhos (amanhã eu vejo) de Lília. Ela nunca leu um livro meu. Só lê fotonovelas.

— Que coincidência!

Como é a voz de Lília?

— Não gosto de coincidências. Você, por acaso, não reconheceu na parede riscada de sangue a marca da mente perversa, da mente criminosa, do escritor sem pé e decidiu limpar a sua culpa...

— Eu?

— O que estava escrito na parede?

— Era grego.

— Como você sabe que era grego? Você só lê fotonovelas.

— O senhor disse que era grego!

— Confesse! Vocês são amantes. Vocês são cúmplices. Há um subtexto nesta história e não descansarei até descobri-lo. Você vem comigo até a delegacia. Agora!

Ou então:

O inspetor Macieira entra no barraco sem dizer uma palavra. Examina a sala. Os móveis com forração de plástico. As flores artificiais. A cristaleira, que era da avó de Lília, uma parteira, chamada Valdecina, não, Lola, Lola Paixão, que fazia uma marca secreta em cada bebê que ajudava a nascer, como pesquisadores que marcam pássaros para seguir seus hábitos migratórios, e que a cada façanha de um dos seus bebês, um que chegasse a vereador, ou a bandido famoso, dizia "esse é um Bebê Paixão!" e ia visitá-lo para pedir dinheiro, pedir a sua parte no seu sucesso, mas isso é outra história. O macio Macieira espia o quarto dos fundos. A mãe de Lília dorme, ou entrou em coma. Quando Macieira volta para a sala já tem a faca na mão.

Lília recua. Macieira, com o seu passo elegante, metade cabrito, metade inspetor, ou o que quer que ele seja, avança.
— Eis um recado para o seu são Estevão — diz.
E enfia a faca, primeiro a ponta, na garganta de Lília. Lília, Lília. Ou então, ou então!
Lília recebe Macieira na porta com um beijo.
— Fui visitá-lo esta tarde — diz Macieira, tirando o casaco cuidadosamente e colocando-o nas costas de uma das cadeiras esmaltadas.
— E aí?
— Deixei ele muito confuso. Ele não sabe quem eu sou. Ele não sabe quem você é. A esta altura ele não sabe mais nem quem *ele* é. Pobre perneta. Nós vamos pegá-lo direitinho.
Lília traz o seu conhaque num ex-pote de geleia.
— Sabe como foi que eu me apresentei? Inspetor Macieira. Como o conhaque. Um bom toque, hein?
Preciso parar com esta mania de inventar histórias. Mas se parar de inventar histórias eu vou ao fundo.

A ligação do navio para Nova York estava ruim, a voz reverberava, parecia vir pelo fundo do mar, passada de câmara em câmara submarina, uma voz aquosa. O mar agora só me traz más notícias, pensou Conrad. A voz era da empregada dominicana de Hennessy.
— *Mr. Hennessy. He dead.*
Hennessy, morto! O Grego chegara até ele. Arrancara dele o endereço de Ann e o matara. Como foi? Quem matou? Mas a voz chorosa só repetia o seu lamento marinho.
— *Mr. Hennessy. He dead.*
Naquela noite, Conrad não dormiu. Pensava em Hennessy morto. Pensava em Ann nas mãos do Grego. E era tudo culpa sua. Devia ter matado o Grego. Agora o Grego o ataca-

va, matando seu melhor amigo e indo atrás da sua amada. Era no que dava ter amigos e amadas. Ficava-se vulnerável. Perdiam-se o sono e o raciocínio, pensava-se em vingança, e não em justiça.

Quando, de madrugada, Conrad conseguiu dormir, sonhou que encontrava Hennessy despedaçado, com partes do seu corpo espalhadas por uma imensa área asfaltada, e que uma das mãos de Hennessy, a vários metros do antebraço correspondente, apontava na direção da carcaça calcinada de um carro, e dentro do carro, toda de branco a não ser pelo sangue que desenhara um colete vermelho sobre o seu peito, como um casulo num ninho preto, Ann, sua doce Ann, com uma segunda boca no pescoço. Era a primeira vez que Conrad sonhava numa das minhas histórias. Não sei se a editora vai gostar.

Eu cursava uma escola religiosa, ia à missa todos os domingos e tinha lições práticas de religião da mãe e das empregadas, além das dissertações do pai na mesa dominical, embora estas geralmente fossem sobre questões de política da igreja que eu mal compreendia e não precisava compreender. Mesmo assim, meu pai pediu a um primo, o padre José, que me desse aulas de catecismo, para me preparar para a primeira comunhão, talvez adivinhando que aquela alma inquieta necessitava de cuidados dobrados. O padre José era magro e triste, mas entusiasmava-se com as imagens que escolhia para as suas lições.

— O coração é como são Paulo...
— Ele também não pode parar — adivinhei.
— Hein? Não, não. Ele propaga o sangue pelo organismo como são Paulo propagou a mensagem de Cristo pelo mundo. São Paulo levou o cristianismo até a última capilar, até a pontinha do dedinho...

E o padre José mostrava a pontinha de um dedinho magro, onde não parecia estar chegando muito sangue.

O cérebro é que não pode parar. O cérebro é um tubarão. Nós só morremos quando o cérebro para. Mesmo quando o coração não propaga mais o sangue, como as lições de Cristo, pelo corpo, nós só morremos quando o cérebro morre. O tubarão, para tirar o oxigênio que o mantém vivo da água e para não ir ao fundo, tem que se manter em constante movimento. O cérebro, o coração e os pulmões são os únicos órgãos humanos que nunca têm folga. Mas o coração é uma bomba hidráulica, e os pulmões são foles. O cérebro é um predador. Quando não tem mais o que consumir para se manter em movimento, consome a si mesmo. Nós dormimos. O cérebro não dorme, sonha. O sonho é o cérebro se consumindo, indo e vindo cegamente entre os seus circuitos como um tubarão faminto. Quando o sonho faz sentido, mesmo um sentido maluco, é porque o tubarão abocanhou alguma conexão e a está mastigando para ver se ali tem história. Esse tubarão gosta de histórias. O padre José, que jamais entenderia a comparação do cérebro, este maravilhoso receptor de revelações para o coração cristão, com um tubarão cego, mesmo assim entendia a sua fome, e me lembro das aulas de catecismo como uma interminável sucessão de histórias. Um incréu, um dia, encontrou uma criança na praia tirando água do mar com uma concha e a derramando num buraco na areia. "O que fazes?", perguntou o incréu. "Estou transferindo o mar para este buraco na areia", respondeu a criança. "Isso é impossível", disse o incréu. "Pois é mais fácil eu transferir o mar, com esta pequena concha, para este buraco, do que encontrares uma resposta para o que procuras", respondeu a criança. "E o que eu procuro?", perguntou o incréu. "Uma explicação lógica da Santíssima Trindade", respondeu a criança, que era um enviado de Deus para salvar o incréu do ceticismo. A história do padre José terminava aí, mas no meu cérebro ela continuava, eu imaginava o homem, seria como o meu irmão mais velho? A criança podia ser eu, embora eu só conhecesse o mar dos livros do meu pai. E se... Mas o padre José notava a expressão do meu rosto e me chamava de volta à lição, eu precisava prestar atenção. A mente precisa de disciplina, não pode vagar. O padre José dizia:

— A mente ociosa é o Jardim do Diabo.

O helicóptero chegou de manhã. Antes de partir, Conrad procurou Mabrik. Encontrou-o no salão de jogo. O salão só começava a funcionar à noitinha, não havia ninguém ali além de Mabrik. Ele tinha um baralho nas mãos. Tirava cartas do baralho, uma a uma, e as atirava sobre a mesa com a figura para cima. Quando Conrad se aproximou da mesa, Mabrik acabara de virar o valete de um olho só.

— Você, decididamente, me dá azar, Conrad.
— O helicóptero está aí.
— Eu sei.

Mabrik ainda não tinha levantado os olhos. Mantinha-os fixos no olho do valete.

— Eu também conheço um ditado armênio.

Mabrik levantou os olhos. Conrad continuou:

— "Um homem é escravo dos seus devedores."
— Esse eu nunca ouvi.

Conrad não disse que acabara de inventá-lo. Disse:

— Quero que você liquide a sua dívida comigo.
— Como?
— Não mate Nicole.

Mabrik sorriu com desdém.

— Você está perdido, Conrad. É um sentimental.
— Poupe Nicole, e você não me deve mais nada.

— E estou livre para matá-lo...
— Exato. Um atrativo adicional.
— Minha mãe não vai gostar. Ela está fazendo os planos para a execução de Nicole há dias. Já telegrafou para Chipre, encomendando os instrumentos de que vai precisar.
— Poupe Nicole.

Mabrik voltou a olhar para o valete.

— Está bem — disse, com um suspiro.
— Então estamos quites — disse Conrad.

Mabrik deu um soco na mesa, fazendo voar as cartas.

— Não! — gritou.
— Você pagou o seu favor. Não me deve mais nada!
— Não! Não! Não!

Mabrik ergueu-se. Estava possesso. Sua tez parecia ter escurecido.

— Você acha que aquela nota malcheirosa do meu pai vale só isto? Uma carona de helicóptero e a vida de uma cadela norueguesa? Isto é um insulto. Eu ainda não comecei a pagar você, Conrad! Suma da minha vista! Suma da minha vista!

Quando o helicóptero decolou do solário do navio, Conrad viu Nicole estendida à beira da piscina, só com uma calcinha de biquíni. Sentada ao seu lado, toda de preto, encurvada e com a cabeça pendendo sobre o peito, a mãe de Mabrik cochilava.

Naquele dia, como todos os dias, o silêncio me pegou desprevenido. Dona Maria desligara o rádio. Dali a pouco, já pronta para sair, apareceu na porta e avisou que a comida para o jantar estava na geladeira e a roupa lavada estendida na área de serviço.

— Dona Maria, me faça um favor.

Ela se assustou. Um favor? Eu andava muito estranho. Recebendo visitas e agora pedindo um favor. Que favor?

— Amanhã, quando vier, me traga um jornal.

Outra esquisitice. Eu não tenho televisão, nem telefone, só comprara o rádio para ela ouvir e nunca lia jornais. Agora aquilo. Ela deu de ombros, querendo dizer que por ela tudo bem.

Milagre. A aeromoça do avião que decolou de Londres para Nova York há pouco mais de meia hora informa que tem, sim, o uísque Glenlivet para servir, e seu sorriso diz que Conrad também pode se surpreender se pedir mais alguma coisa além de malte puro, como um programa depois de desembarcarem. Mas Conrad nem sorri.

— E o seu gelo, é redondo?

— Redondo?! Não, é em cubos.

— Então esqueça.

Conrad fecha os olhos. Calcula o fuso horário. Chegará a Nova York no começo da noite. De Londres, telefonou para o escritório da Interpol em Nova York. Ficou sabendo que encontraram Hennessy morto no seu apartamento. Fora degolado, e o criminoso depois escrevera uma palavra, com o sangue de Hennessy, na parede. Que palavra? O chefe da Interpol em Nova York começara a soletrar.

— A, ene...

— Ann! — dissera Conrad, quase um soluço. Realmente, não era mais o mesmo Conrad. A editora não vai gostar.

— Não. Uma palavra estranha. A, ene, a, ene, gê, ká, e.

— Anangke?

— Isso. Estamos investigando o que quer dizer.

— Eu sei o que quer dizer.

Outra surpresa. Pela primeira vez numa das minhas

aventuras, das suas aventuras, Conrad demonstra ter qualquer tipo de erudição além de tudo o que sabe sobre pistolas, carros, barcos e uísques e da sabedoria prática transmitida por Vishmaru. Conrad desligou o telefone antes que o chefe da Interpol pudesse perguntar o significado da palavra.

Anangke. O que esse Grego quer de mim? Anangke. Necessidade cega. Ele mata por necessidade cega. Ele mata porque precisa matar. Ou ele quer dizer que é preciso matar? Em *Ritual macabro*, no primeiro encontro, numa praia, entre Conrad e o Grego, este lhe dissera uma coisa estranha. "Que bom que você veio, Conrad. Começa o catecismo." Em seguida tinham lutado. Quando Conrad sentira que tinha o assassino sob controle, ele subitamente tirara uma faca, Conrad não sabia de onde, e o golpeara. Depois fugira. Aquela fora a primeira cicatriz. O terrível, pensou Conrad mais uma vez, é que ele não é louco. Anangke não é uma explicação. É uma mensagem. A história por baixo da história. A editora não vai gostar.

Conrad alugou um carro no aeroporto Kennedy e seguiu para a casa de Ann, em Long Island. Pela primeira vez, em qualquer uma das minhas histórias, das suas histórias, Conrad sentia o medo como uma presença física. Estava cheio de medo, o medo era como outro Conrad por dentro do velho Conrad.

Decidi não matar Ann, a doce Ann. O Grego batera na sua porta.

— Posso entrar? Meu nome é Hennessy. Como o conhaque.

— Sr. Hennessy! O Conrad já me falou muito do senhor.

— Somos grandes amigos.

— Mas ele me disse que Hennessy era um irlandês bonachão...

— Ah, sim?

— Eu não quero ser indelicada — disse Ann —, mas o senhor por acaso tem alguma identificação?

Mas, contou Ann, enquanto Conrad a segurava nos braços e afagava sua cabeça e beijava seus cabelos, o Grego já tinha entrado na casa e já tinha a faca na mão. Ele a amarrara e amordaçara. E arrancara sua roupa. E depois, lentamente, com a ponta da faca... Ann não pôde continuar.

— Pronto, pronto... — disse Conrad.

Conrad, tomado de grande compaixão. Conrad, engasgado de ternura e horror. Conrad... Mas chega por hoje.

Quando para o rádio da dona Maria, o silêncio parece oprimir os ouvidos. Mas em seguida os ruídos do prédio começam a se infiltrar no silêncio, a fazer estrias no silêncio, e a morna exalação do poço comum ocupa a minha sala. Quando o prédio silencia, há o ruído surdo da cidade, como um trovão, como o de uma máquina invisível. Quando isso termina, há o barulho do meu coração que, como são Paulo, não cessa a sua catequese. No dia em que este também parar, ficará o som quase imperceptível do tubarão indo e vindo, indo e vindo, rodando e rodando. Até que isso também silencie, e eu me afogue.

3.

Meu irmão mais velho sim, era um caçador de baleias. Ele se chama Tomás, por causa de Santo Tomás de Aquino. Meu pai deu ao primeiro filho o nome de um santo filósofo, e ao último o nome de um santo primitivo, o primeiro mártir da Igreja. Estevão. Posso ver Estevão na mesa. Está com o quê? Catorze, no máximo quinze anos. É um leitor de Tarzan, mas também é o único dos sete irmãos que abre os livros encadernados da biblioteca, para ver as gravuras ou só para cheirar o papel. Mas ele já leu, sem entender, trechos da *Suma teológica* sublinhados a tinta pelo pai. Agora eu sei que quando moço meu pai procurava um endosso aristotélico para a sua crença furiosa. À medida que ia passando o tempo, sua alma em conflito ia desistindo de conciliar inquietação intelectual e fé. Quando eu nasci, ele já se resignara à fé cega e simples dos mártires, por isso eu me chamo Estevão. Ele então não pedia mais nada da religião além de que fosse um quebra-mar para a sua angústia. Um lago, um ancoradouro. Mas era um estranho barco fundeado que criava suas próprias tormentas. Ali está Estevão olhando do pai para o irmão mais velho e deste para o pai com a mesma devoção, seu coração aos saltos. Trava-se uma batalha na mesa. O velho contra Tomás, e por um obscuro raciocínio Estevão se sente culpado pela briga. Ele foi o pioneiro, o primeiro a afrontar o pai, anos antes. Por sua culpa se quebrou o encanto da mesa dominical. Agora o filho mais velho ergue sua voz contra o pai, e a discórdia está solta na casa. Qual era a questão? Não me lembro se foi bem assim, estou inventando. Tomás desafiara um argumento do velho sobre a sacralidade da família e as razões superiores do sangue. Dizia que as razões da coletividade eram superiores e deviam prevalecer. "Ora, ora", dissera o pai. Ora, ora. E para o meu espanto, gritara:

— Leia os gregos. Está tudo lá. Leia os gregos!

— Eu não preciso ler os gregos — respondera Tomás, meu herói. — Não preciso de histórias antigas. Basta a história de hoje. Se o meu pai é injusto, é um injusto antes de ser meu pai.

— O que que seu pai fez?

Uma voz estranha na mesa, a da minha mãe.

— Nada. Eu estou falando em tese.

— Está falando bobagem.

— Pro senhor!

— Bobagem! O nosso advogado pensa que está numa das suas reuniões do partido. Eu gostaria de saber o que falam de mim nessas reuniões.

— O senhor nunca é assunto.

— Eu sei do que vocês falam! De acabar com a minha classe. Com a *nossa* classe. De destruir tudo que eu represento. O senhor se engana. Eu sou o assunto o tempo todo. Mesmo que você não saiba, eu sou o assunto!

— Nós discutimos a injustiça. Se o senhor se considera a corporificação da injustiça...

— Leia Sófocles!
— Eu estou cagando pros gregos!
— Saia da mesa!

Mas ele mesmo deteve Tomás quando este se ergueu para sair.

— Pense em tudo que você quer destruir. Pense em *por que* quer destruir. Examine os seus motivos. Não têm nada a ver com justiça.

— Eu conheço todos os meus motivos. Eu me enxergo. O senhor é que não se enxerga.

— Sai daqui. Sai daqui!

Mas outra vez ele o chamou de volta antes que chegasse à porta.

— Esta é mais uma chaga no corpo de Cristo. Cada vez que um filho agride o pai, é mais uma chaga no corpo de Cristo!

— Eu não agredi o senhor.

Meu pai, meu outro herói, agora estava de pé também. Vermelho.

— Quando foi a última vez que você foi à igreja? Nem na crisma do seu irmão...

Tomás voltou, conciliador.

— Papai, nós estávamos para ter esta discussão há muito tempo. É melhor assim, botar tudo pra fora. Eu não agredi o senhor...

— Você disse um palavrão na frente da sua mãe.

Tomás fez um gesto de desistência. Estava na porta da sala de jantar quando o pai o deteve pela terceira vez.

— Me agrida. Me destrua. Mas não abandone a Igreja.

E então o velho ator se superou. Conseguiu entrelaçar as mãos sem largar o charuto, atirou a cabeça para trás com os olhos fechados e exclamou:

— *Dulcissima mater!*

— Grande mãe, essa sua Igreja. Fundada na disposição dos pais de matarem os filhos. Puta mãe, essa sua Igreja.

— "Minha" Igreja, não. *Sua* Igreja. Ela é sua Igreja também!

Mas Tomás já tinha saído. Saiu da sala de jantar e da casa. Só voltou depois para buscar suas coisas e nunca mais entrou no casarão.

Vejo Estevão olhando fixo para um ponto na mesa, como Mabrik para o olho do valete, e se controlando para não chorar. Vejo a mãe chorando. Vejo os outros irmãos. Francisco, o do meio, já com os olhos empapuçados de bêbado, mas curiosamente sempre o mais elegante de todos. No enterro do velho, depois do acidente, ele apareceu cambaleante, com a barba por fazer, as lágrimas correndo livremente dos olhos e o ranho do nariz, mal conseguindo falar, mas com um terno impecável, sapatos lustrados, gravata no lugar e colete. Tem outro personagem na mesa, invisível a não ser para mim. O outro Estevão. O que eu inventara, o que não precisava aguentar as consequências daquela cena, mas podia partir no seu barco para o mar e o esquecimento, pois tinha a bênção de não pertencer à família. Ele se chamava Félix. Tudo o que precisava estava no barco, e ele viajava só com um cachorro, seu companheiro de aventuras e confidente. Mas a essa altura minhas histórias do Félix tinham começado a mudar, ora era o cachorro que me acompanhava, ora era uma mulher. Primeiro era o cachorro e a mulher, aos poucos o cachorro fora se transformando em mulher, em Ana. Coincidiu que o primeiro beijo que Félix deu em Ana, certa noite, sobre o lodo frio de um jângal, aconteceu na véspera da minha descoberta de que meu pai tinha outra mulher. Mas isso é outra história.

Fiz meu suco de laranja rapidamente, mas não adiantou, dona Maria chegou antes que eu pudesse tomá-lo.

— Meu cunhado tava com água na barriga. Tirou mais de um litro, parecia lavagem.

Derramei o suco na pia. Dona Maria trouxera o jornal. Fui direto para as páginas policiais, não sabendo exatamente o que esperava encontrar. Um banco assaltado, um morto. Pai mata filho com facão. Nada do que eu estava esperando — fosse lá o que fosse. Lília normalmente vinha às dez. Não consegui escrever enquanto a esperava. Corrigi o que tinha escrito no dia anterior. Por que eu decidira poupar a vida de Ann? Aquilo me criaria um problema. Em vez de Ann morta, apenas uma razão para Conrad ir atrás do Grego com ânimo redobrado para fazê-lo pagar pelos seus crimes, Ann marcada, Ann neurotizada, mais uma carga para Conrad, já tão debilitado por dúvidas e indagações que a editora decididamente não vai gostar. Quando chegou dez e meia sem que Lília aparecesse, decidi começar a escrever.

— Dona Maria, abaixa o rádio!

O Grego desenhara a palavra "omphalos" com a ponta da faca na barriga de Ann, de cima para baixo, de modo que o primeiro "o" era um círculo em torno do umbigo e o "s" parecia uma estrada no sopé do monte pubiano. Conrad nunca vira Ann, sua doce Ann, nua, por isso aquele seu gesto, abrindo o robe para que Conrad examinasse sua ferida, tinha a solenidade de um sacramento. E ao mesmo tempo a ferida era um estigma. O Grego vira a nudez de Ann antes dele. A faca aviltadora do Grego riscara o ventre de Ann. Ele jamais veria o ventre de Ann na sua pureza original, como o ventre de Eva, sem marcas, sem nada escrito. "Omphalos." Não, o Grego não a violara. O Grego nem tirara o casaco. O Grego apenas dissera que aquilo era uma mensagem para Conrad. "Ele saberá onde me encontrar", dissera o Grego. Conrad, tomado de grande compaixão, engasgado de ternura e horror, pediu desculpas a Ann. Ele era a causa daquele ultraje. Se tivesse matado o Grego aquilo não teria acontecido. Mas agora perseguiria o aviltador e o mataria. "Não vá", disse Ann, agarrando-se a Conrad. "Fique comigo!" Mas Conrad precisava ir. Aquela seria sua última aventura, ele prometia. Depois ficaria com Ann para sempre. Mas não poderia viver no mesmo mundo com o Grego sabendo que tinha deixado aquele ultraje sem vingança, todos aqueles crimes sem resolução, histórias inacabadas. Era o seu destino. "Mas é o que ele quer", insistiu Ann. "Você não estará cumprindo o seu destino, estará cumprindo o dele. Ele é um louco, tudo isto para ele é um jogo, uma charada sangrenta feita por uma mente doentia. Fique comigo!" Mas Conrad precisava ir. O destino do Grego e o dele eram a mesma coisa, a charada era um desígnio antigo, o jogo era um jogo proposto há tempo, por outra mente obscura. Que jogo? "Só saberemos quando ele terminar", disse Conrad. "Talvez eu ganhe, talvez não. Mas preciso descobrir qual é o jogo."

Decidiram que Ann iria para a casa dos pais, no interior. Conrad achava que ela devia ficar longe do mar. Longe do mar ela estaria segura. Depois de levar Ann ao aeroporto, comprar sua passagem para Eden, Iowa, e ajudá-la a embarcar, Conrad rumou para Manhattan. A noite tinha uma tonalidade estranha, uma luminosidade difusa, não parecia noite, mas o negror opressivo que precede uma tempestade no meio do dia. Eletricidade sem descarga, um trovejar contínuo sem trovões, uma iminência surda, um prenúncio, Conrad não sabia do quê. Que horas seriam? Talvez fosse dia mesmo. Ele não ajustara seu relógio. O coração desregulado. Eram oito da noite no Mediterrâneo. Conrad desnorteado. "Omphalos." Qual era a mensagem do Grego? O mundo inteiro era uma parede na qual o Grego riscava suas pistas sangrentas, o Grego podia estar por trás dos próprios presságios daquela noite falsa, até o reflexo intermitente dos faróis no para-brisa do carro de Conrad faria parte de um código a ser sondado. Tudo era mensagem. O mundo era um vasto enigma, as suas partes dispersas eram as peças do jogo que faltava encaixar. Conrad ouvira em algum lugar que existia uma, e apenas uma, maneira correta de jogar o xadrez, mas que ninguém ainda a descobrira. Todos os jogos de xadrez, mesmo entre os grandes mestres, eram tentativas frustradas, cada um um novo capítulo na história da ignorância humana. Um hipotético jogador invencível não seria necessariamente o que tivesse desvendado o jogo perfeito, seria apenas o que tivesse penetrado mais fundo na ignorância e estivesse mais solitário na sua busca. Era assim que Conrad se sentia. Estava à beira de uma revelação, na iminência de alguma visão final, e isso apenas aguçava sua solidão. Aquela sensação de que até as entranhas o tinham desertado. Ele era apenas cérebro e medo. A silhueta de Manhattan contra o céu amarelo, quando o carro de Conrad entrou numa das pontes sobre o East River, também poderia ser um código, um cartão perfurado com outra pista do Grego. Medo e cérebro. E gravada no cérebro de Conrad, como se também tivesse sido riscada pela faca profanadora do Grego, a imagem do ventre de Ann, da doce Ann, que nunca mais seria a mesma.

Lília não veio, mas o macio Macieira entrou no apartamento, não pela porta, mas pelo rádio, o rádio infernal da dona Maria. Me dei conta de que tinha ouvido o seu nome e por um momento fiquei desnorteado, como Conrad no caminho de Manhattan. Macieira? Onde? Tinham falado o seu nome no rádio.

— Estamos em contato com o inspetor Macieira, da 12ª DP, nosso bom amigo Macieira, que nos dará as últimas notícias sobre o caso. Você está aí, Macieira?

— Estou aqui. Bom dia, bom dia ao auditório e ao público de casa.

— Macieira, neste caso você não está agindo apenas como policial, não é verdade? Mas também como um amigo da família.

— Exatamente. Alô?

— Pode falar.

— Exatamente. Eu sou padrinho do Zarolho. Era. Sou compadre da dona Glória e do Candiota. Do Candó.

— O Candó está desaparecido, não é assim, Macieira?

— Está, mas deverá ser preso nas próximas horas.

— Você já sabe onde ele está?

— Sei.

— Macieira, há dias a dona Glória esteve neste programa. Estava desesperada porque o Candó tinha ameaçado matar o Zarolho com um facão. Infelizmente, o caso teve o desfecho que a dona Glória temia. O Zarolho chegou em casa drogado, e o Candó cumpriu a sua ameaça. Não foi assim, Macieira?

— Foi essa a ocorrência, exato.

— Isso não poderia ter sido evitado, Macieira?

— A dona Glória também me procurou, e eu tentei conversar com o Candó. Eu sei que você também fez um apelo ao Candó, no ar. Mas...

— O destino quis de outra maneira, não é assim, Macieira? O Zarolho escolheu o caminho do mal, e o seu destino, de certa forma, estava traçado. E ontem, vendo o filho chegar em casa drogado, outra vez drogado, o Candó, o pai desesperado, não se conteve e cumpriu sua ameaça.

— Se bem que... Alô?

— Sim, fale, Macieira!

— Se bem que, conforme eu estou informado, a história não é bem assim. Eu conheço bem, porque o Luiz Carlos, o Zarolho, é meu afilhado. Era. E eu conheço a dona Glória e o Candó há muito tempo.

— Aliás, o Macieira é muito relacionado em todo o Jardim do Leste. Para quem não sabe, o inspetor Macieira é quase um herói para o pessoal do Jardim do Leste, não é assim, Macieira? Eu sei que você vai dizer que não é, mas o seu trabalho preventivo entre os menos afortunados é importantíssimo.

— A gente faz o possível, não é?

— Mas você estava dizendo que o caso não foi bem assim. Como não foi bem assim, Macieira?

— É. É que parece que tinha mais coisa por trás da história toda. Eu estou investigando.

— Você pode nos adiantar alguma coisa, Macieira? Das suas investigações, para o nosso público. Seria possível?

— Não quero, claro, ahn, comprometer o trabalho da polícia, mas parece que o assassinato tem, assim, outras conotações, não é? Coisas do tráfico de drogas. O Candó parece que também estava metido no negócio.

— Oh, meu Deus. Será possível, Macieira?

— É o que estamos investigando. Assim não seria só uma ocorrência familiar, não é? A morte do Zarolho. Estaria ligada a uma guerra por pontos de tóxicos.

— Que mundo o nosso, não é, Macieira?

— É um lugar muito mal frequentado, não é?

— Boa, boa, Macieira. E atenção, auditório. O inspetor Macieira vai nos manter informados sobre a sua investigação. Ele sempre vai fundo nas suas investigações, não é assim, Macieira? Usando principalmente a inteligência e a psicologia. Ainda não houve caso que o inspetor Macieira não resolvesse.

— Houve um, sim.

— Só um! Ouviu, auditório? Rã, rã. Macieira: muito obrigado por mais esta participação no nosso programa.
— Obrigado, bom dia.
— Bom dia! E a nossa mensagem agora vai, do coração, para a dona Glória, que a esta hora deve estar enterrando o seu filho Zarolho. Coragem, dona Glória. Confie em Deus. Deus não abandona as suas criaturas.

Conrad mantinha um apartamento em Nova York. Um pequeno apartamento, uma espécie de concha de acrílico, funcional como a cabine de um barco. A geladeira estava desligada e por isso não havia gelo nas formas. Sem paciência para esperar que o gelo se formasse, Conrad apenas tomou um banho rápido e saiu para a rua. Estava cansado, mas sabia que não conseguiria dormir, pensando em Hennessy degolado, pensando na barriga marcada de Ann e na obsessão do Grego. Passava da meia-noite. Conrad finalmente ajustara o relógio para o horário de Nova York, o que de certa forma o fazia sentir-se de novo no controle do seu coração. Pelo menos do seu coração. Conhecia um bar perto da Times Square, o umbigo de Nova York. O bar não tinha nada de extraordinário, mas servia o uísque Glenlivet e seu gelo era redondo e o barman era um velho judeu com quem Conrad gostava de conversar, quando queria conversar. O barman se chamava Spinoza. Em *Fúria assassina*, um dos seus palpites ajudara Conrad a resolver um caso. Ele recebeu Conrad com um aperto de mão.
— Glenlivet, com gelo redondo. Acertei?
— É bom estar entre amigos.
— Você está com ótimo aspecto.
— Mentira sua.
— Você está com péssimo aspecto, mas achei que você talvez não quisesse saber. Onde tem andado?

— Estive num hospital, depois num cruzeiro de luxo.
— Nenhum dos dois lhe fez bem. Evite lugares assim.
A bebida já estava na frente de Conrad.
— Eu nunca lhe perguntei — disse Spinoza. — Mas por que gelo redondo?
— O uísque prefere.
— Como é que você sabe?
— Umbigo — disse Conrad.
— O quê?!
— Umbigo. O que o umbigo sugere a você?
— Sei lá. O centro. O centro do corpo. O centro de qualquer coisa. O centro de uma igreja é chamado de umbigo, não é?
— Toda igreja representa um corpo humano. Um corpo de braços abertos, como o de um crucificado. O centro da igreja corresponde ao centro do corpo, ao umbigo, e é o ponto de contato entre a terra e o céu, entre a humanidade e o cosmo. A parte central da igreja é a nave, e o umbigo é o seu centro.
— E então?
— Se alguém quisesse marcar um encontro com você e dissesse apenas a palavra "umbigo", para onde você iria? Para uma igreja ou um navio?
— Eu não sairia daqui e manteria meu umbigo protegido. Não vou a encontros com loucos.
— Essa pessoa não é louca. É um assassino que usa o sangue e o corpo das suas vítimas para deixar mensagens, como instruções num jogo ou pistas de uma charada.
— Certo. Perfeitamente normal.
— Dor — disse uma voz feminina à esquerda de Conrad.
Conrad virou-se. A mulher sentada ao seu lado podia ter cem anos. A pele tostada do seu rosto lembrava a tênue película que envolve uma cebola. Conrad imaginou que com um leve puxão da ponta do seu nariz de bruxa retiraria a

pele inteira e revelaria outra cara por baixo. Só os fortes riscos pretos em torno dos olhos pareciam fixar a pele à carne do rosto.

— O quê? — disse Conrad.

— Umbigo. Dor. Parto. A marca do parto. Geração. Gerações. A eterna renovação da espécie, sempre com dor. Uma geração sai de dentro da outra. É natural, e é monstruoso. É dilacerante. É um crime. O umbigo é a cicatriz. É a marca do crime. Você não pode negar que saiu da sua mãe, e que ela sofreu com isso. A prova é o umbigo. A paternidade é um mito, é uma história, é uma abstração legal. Só a maternidade é real. Se você quer sair do labirinto, não retrace a história. Siga o cordão umbilical, siga a sua culpa. Ou voe. Não há uma terceira saída.

— Se você tivesse que encontrar uma pessoa, e a única indicação do local do encontro fosse a palavra "omphalos", para onde você iria?

— Para o túmulo da minha mãe. O que seria difícil, porque minha mãe casou com três chefes índios ao mesmo tempo, e quando ela morreu cada um quis uma parte do corpo para enterrar no chão sagrado da sua tribo, mas isso é outra história. Onde está a sua mãe?

Conrad mergulhou o olhar no copo de Glenlivet.

— Não quero falar disso.

Ele não sabia quem era sua mãe. Sua origem era vagamente polonesa. Quando pensava na infância, só se lembrava de um menino num barco, no alto-mar. Nada antes disso. Ouviu uma voz masculina à sua direita.

— Omphalos? Eram as bossas nos escudos gregos.

O homem sentado do seu outro lado também poderia ter cem anos, mas a pele estendida sobre o rosto descarnado parecia de aniagem, um disfarce improvisado para a caveira. Ele falava quase sem mexer a boca.

— Também eram as extremidades dos rolos de pergaminho. *Umbilicus*, em latim. Um dos nomes do rolo, em latim, era "pênis". É esse o seu caminho. O caminho dos homens. Escudos. Brasões. Estandartes. A guerra. A escrita. A razão. A história dos homens. Não dê ouvidos a essa bruxa.

— Rá! — gritou a bruxa.

— Pais e filhos! — gritou o velho. — Mães são como a pele antiga que o bicho deixa para trás na muda. Como as cascas do ovo, um receptáculo temporário, inútil no resto da história. Pais e filhos. Siga esse caminho!

— Rá! A história dos homens... É a história das mulheres feita por incompetentes! Cada guerra é um parto que dá à luz cadáveres e aleijões. Rios de sangue. Rios de sangue! Crimes sem proveito! Gerações condenadas!

— Ei, ei — disse Spinoza, pedindo com um gesto que ela baixasse a voz.

— Rá — repetiu a velha, mais baixo. — Um homem só sai de dentro de outro se o matar. Nenhum filho sabe quem é seu pai. Portanto, o homem que ele matar para poder nascer, esse é o seu pai. Não me diga que você vai querer seguir *essa* história sórdida. Siga o cordão umbilical. Siga o...

Conrad a interrompeu. Era conversa demais para uma história de quinta categoria.

— Espere! Deixe eu perguntar para o velho. Para onde você iria, se recebesse um convite só com a palavra "omphalos"?

O velho ficou pensativo.

— Não sei — disse finalmente.

— Claro que não sabe! — disse a velha. — Ele precisa consultar os astros. Desenrolar quilômetros de pergaminho. Examinar os presságios, consultar os mapas e as cartas, e mesmo assim chegar à resposta errada. Mas eu sei. Aqui!

E a velha bateu na própria barriga com o punho cerrado.

— Bruxa! — rosnou o velho.

— Não ligue para esses dois — disse Spinoza. — Eles são casados. Há cinquenta anos que discutem. Sentam separados assim justamente para que sente alguém entre eles e dê motivo para outra discussão.

— O que você acha que significa "omphalos", Spi?

Spinoza deu de ombros.

— Já disse. O centro. O centro do mundo.

— E onde é o centro do mundo?

— Depende. Pra mim é Nova York. Este é o maldito umbigo sujo do mundo. Para um muçulmano é Meca. Para um católico deve ser o domo da Basílica de São Pedro, ou a careca do papa. De que religião é esse seu amável assassino?

— Não sei. Ele é grego.

— Grego? Ainda é aquele mesmo animal da outra história? Não o prenderam?

— Eu quase o peguei. Foi ele que me mandou para o hospital.

Spinoza fez o bico, mas assoviou em silêncio.

— Me sirva mais um — pediu Conrad, apontando o copo.

— Grego — disse Spinoza, pegando outro copo, enchendo com gelo redondo e derramando uísque dentro. — Grego... O centro do mundo, para os gregos antigos, não era Delfos?

— Era — disseram a velha e o velho, em uníssono.

— Delfos... — disse Conrad. — Pode ser.

— Mas onde, em Delfos? — perguntou o velho.

— E quando? — perguntou a velha.

— Sua informação está incompleta — disse Spinoza.

— Preciso dar um telefonema — disse Conrad, olhando o relógio e descobrindo, abismado, que ele voltara a mostrar a hora do Mediterrâneo. Outro sinal.

O chefe da Interpol em Nova York, Martell, como o conhaque, não gostou de ser acordado naquela hora da noite, mesmo por um velho amigo de Hennessy. Não, não havia pista do Grego. Não sabiam se ele ainda estava em Nova York ou mesmo nos Estados Unidos. A cena do crime, no apartamento de Hennessy? Conrad podia ir lá no dia seguinte, era só dar o nome de Martell, a polícia local o deixaria entrar. O corpo fora retirado, mas nada mais fora tocado, a palavra grega ainda estava escrita na parede, nenhuma faxineira louca a apagara. Não, não havia mais nada escrito nas paredes. Nenhuma marca no corpo de Hennessy além do pescoço aberto de lado a lado, como um sorriso, desculpe, nós também o amávamos. A posição do corpo? Ele estava de bruços, os braços paralelos ao tronco, as pernas semiabertas, os pés virados para dentro. Nenhum sinal nisto, pensou Conrad. Aparentemente, a única mensagem da morte de Hennessy era a palavra "Anangke". Necessidade cega. Significando o quê? Martell não respondeu ao "boa noite, obrigado e desculpe" de Conrad, apenas desligou o telefone, certamente amaldiçoando aquele estranho ex-marinheiro que vivia se metendo em aventuras que davam naquilo, agentes degolados ou acordados cruelmente de madrugada.

Spinoza estava se preparando para fechar o bar. A bruxa e o marido, de pé, examinavam um ao outro. Sua bolsa? Aqui. O chaveiro? Aqui. Conrad pagou pelo uísque e se despediu. Ao cruzar a porta ouviu a velha gritar.

— Siga o cordão umbilical. Siga a sua culpa! Ou voe!

E o velho:

— Pais e filhos. É tudo sempre sobre pais e filhos!

Dona Maria me trouxe o almoço. Substituí a máquina de escrever por uma bandeja no meu colo.

— Esse seu programa não termina nunca, dona Maria?

Ela virou as costas.

— Pelo menos põe mais baixo!

Ela entrou na cozinha. O rádio continuou no mesmo volume. Pensei no inspetor Macieira. Então ele era um personagem! Não meu, um personagem da cidade. Dos três encontros que eu tinha imaginado dele com Lília, podia descartar dois. Ele não era um assassino que, por alguma razão, tentava me incriminar repetindo os crimes que eu descrevia nos meus livros. Nem agia junto com Lília em alguma conspiração contra a minha sanidade, ou o que restava dela. Era mesmo um inspetor investigando um crime. Mas o crime existira mesmo? Se ao menos o inspetor voltasse a me visitar. Eu queria saber mais coisas sobre o crime e sobre ele. E estava com saudade do som da minha voz. A verdade é que gosto de me ouvir contar histórias. Eu não falara tanto sem ser interrompido desde o tempo em que me imaginava um garoto sozinho num barco no meio do mar, apenas eu e o meu cachorro, e eu me chamava Félix. Félix Culpa. Ouvira aquela expressão numa conversa do meu pai com o seu melhor amigo, o dr. Vico, e gostara do som: Félix Culpa. Félix. Eu me chamaria Félix e nunca cresceria. No interminável programa da dona Maria um repórter passou a transmitir diretamente do enterro do Zarolho. Havia grande revolta entre os amigos do Zarolho. Falava-se em vingança contra o Candó. O macio Macieira devia estar no enterro do seu afilhado, consolando a dona Glória e recomendando calma. Eu cuido do assunto, calma. Em toda a sua carreira, ele só não resolvera um caso. Não foi isso que ele dissera? Em toda a sua vida o macio Macieira só não resolvera um caso.

Se por trás de toda grande fortuna existe um crime, como dizia o meu irmão Tomás, eu nunca fiquei sabendo que crime ancestral nos legara aquele casarão com vitrais numa avenida de casarões e aquele jardim comprido em que eu reinava.

O jardim descia uma encosta atrás da casa, em três terraços, e só eu me aventurava na vegetação espessa contra o muro dos fundos — uma coragem que meus irmãos exploravam, pois era sempre eu que ia buscar a bola, já que era o único que não temia cobras nem areias movediças. Era de lá que eu arrancava uma planta rasteira e tenra, com gosto de anis, que comia crua, até o dia em que o jardineiro, Joaquim das Flores, gritou que o que fazia aquela planta crescer era mijo de gato, menino! Foi lá que vi o meu primeiro seio vivo, o de uma das tantas meninas que passavam pelo casarão, usado pela minha mãe como uma espécie de entreposto de caridade até que a colocasse como empregada em outro casarão. "Só mostra, só mostra", e ela mostrara, e eu me julgara um conquistador intrépido, até descobrir que a três dos meus irmãos ela cedera mais do que a visão de um seio moreno, e o Francisco chegou a declarar que fora mais longe do que a minha imaginação alcançava: "Acabei dentro!".

O primeiro terraço do jardim, perto do casarão, era o mais bem cuidado. Coberto de areião, com canteiros, bancos de pedra e até a estátua de uma pequena ninfa sem nariz. O segundo terraço, de terra batida, era onde jogávamos futebol, e onde eu sempre queria ficar no time do Tomás, e montávamos a mesa de pingue-pongue. Em torno da qual, certa vez, com inesperada solenidade que me deixou impressionado, o Tomás anunciou a fundação, naquele instante, da Sagrada Ordem dos Irmãos da Bolinha e dos Cavaleiros do Segundo Terraço, cujos laços místicos nos manteriam unidos para sempre, mesmo que cada irmão fosse para um dos sete lados do mundo, desde que todos se submetessem ao ritual de iniciação. Quem seria o primeiro? "Eu", gritei eu, emocionado. Qual seria a iniciação? "Raquetaço!", gritara Tomás, e eu tivera que fugir para dentro de casa, perseguido pelos irmãos às gargalhadas, sempre o inocente. O terceiro terraço, com a grama alta que se transformava num jângal perto do muro, era o meu território. Era a ilha do Pacífico em que Félix desembarcava do seu barco com seu cão fiel para mais uma aventura, depois a alcova silvestre em que Félix, fazendo jus ao seu sobrenome, se masturbava sonhando com Ana, com muitas Anas. E a cidade era uma extensão do jardim. Não era esta cidade doente que eu vejo pela janela, cujos estertores me agitam o sono, mas uma continuação do meu principado, e eu a dominava e amava. Vejo Estevão a caminho de casa, numa avenida de casarões como o seu, sobre cujas paredes sólidas a luz do entardecer de outono parece pousar como um véu, antegozando o cheiro de comida que o receberá em casa, e a cidade e a casa são uma coisa só para o inocente. Vejo Estevão na biblioteca do pai, outro território encantado. Agora sei que meu pai guiava minhas leituras com pistas, como o Grego induzindo Conrad. "Não chegue perto de Nietzsche", e lá ia eu procurar o Nite. "Isto você não consegue ler, ainda mais com o seu inglês", segurando Melville, e eu tentava ler Melville. Mas ele não lia mais. Quando Tomás saiu de casa, meu pai não lia mais nada, salvo jornais e boletins da Igreja. Sentava na sua cadeira de couro rachado para ler os jornais ou os boletins, ou do seu lado da mesa de xadrez quando recebia o dr. Vico, "monsieur Vicô", como ele chamava o amigo. Na juventude os dois tinham passado uma temporada na Europa, entre Londres e Paris, e gostavam de relembrar a viagem, embora discordassem cada vez mais a respeito de detalhes, à medida que envelheciam. O dr. Vico gostava de contar histórias. Ele mesmo era personagem de uma história espantosa, que eu só fiquei sabendo depois. Histórias, histórias. "O gênio de são Paulo foi transformar o cristianismo numa grande história", disse o dr. Vico. Eu estava lá. Eu estava atirado na poltrona de couro rachado do meu pai, lendo um livro. Ele e o dr. Vico se enfrentavam na mesa de xadrez. Meu pai lançava baforadas de fumo, deliberadamente, na direção do dr. Vico, que se defendia da fumaça com gestos exagerados. Há anos eles faziam aquilo.

— Os santos. A Igreja católica é a maior de todas porque tem santos. Grande elenco, cada um com uma história. Histórias para todos os gostos. Hein? Crimes. Sexo. Aventura. Emoções fortes. Milhares de histórias.

O dr. Vico olhava na minha direção, me convidando para ser cúmplice nas estocadas contra o meu pai, que só sacudia a cabeça e dizia:

— Monsieur Vicô, monsieur Vicô...

A cena com Tomás na mesa fora dias antes. Meu pai não tocava no assunto. Mas parecia ter envelhecido anos em alguns dias. O dr. Vico apontava para mim.

— Veja os seus filhos. Cada um é um santo. Um diferente do outro. Esse aí gosta de ler. Cada um vai ter uma história.

— Nenhum vai dar em nada — disse o meu pai.

Eu nunca tinha ouvido ele falar assim. Não era uma opinião, era uma maldição.

— Estevão — disse o dr. Vico. — São Estevão, o mártir. Sabe que "mártir" tem a mesma raiz grega de "memória" e também quer dizer testemunha? O que você vai ser nesta família, Estevão? Mártir ou testemunha?

— Joga — disse o meu pai, com impaciência.

— Joguemos. Eu ainda não sei se o xadrez é o triunfo da mente humana sobre o infinito, ou se é o contrário. O que você acha, Estevão?

— Testemunha — respondi, distraído.

Conrad não voltou para o seu apartamento. Caminhou até a Times Square. Seria ali o umbigo do mundo? Vamos, Grego. Vamos. Você e eu. Os anúncios luminosos estavam acesos, mas anunciavam para ninguém. O céu parecia ter baixado, a encruzilhada estava deserta. Que horas seriam? Conrad olhou o relógio mas não conseguia converter hora do Mediterrâneo em hora de Nova York. Ele não conseguia pensar. Pela primeira vez nas minhas histórias, Conrad não consegue ordenar seu pensamento, o seu cérebro é um caleidoscópio de imagens, o rosto assustado de Ann, as letras ainda vermelhas na barriga de Ann, Hennessy de pescoço cortado, meu pai com a cabeça contra o asfalto, não, como é que meu pai entrou nesta história? Esse rádio!

— Dona Maria, o rádio!

Conrad atordoado. Uma prostituta aproxima-se dele.

— Serve o *meu* umbigo, baby?

Ela realmente disse aquilo? Delfos, Delfos, será Delfos? A mensagem está incompleta. Delfos, quando? Numa esquina um homem negro o espera atrás de um tabuleiro sobre o qual estão três cartas com a figura para cima, três valetes, e um deles tem um olho só.

— É aqui, meu homem! — diz, virando as cartas com a figura para baixo e mudando a posição delas sobre o tabuleiro rapidamente. — Acerte o valete de um olho só e você terá a sua resposta.

— E se eu não acertar?

— Você morre.

Ele realmente disse aquilo? Conrad afasta-se. O homem grita:

— Ei! É um grande negócio. Não tem dinheiro na parada. Ou você descobre a resposta ou você morre. De qualquer jeito, tudo se resolve!

A mensagem está incompleta, pensa Conrad, afastando-se. Falta informação. O Grego só lhe disse onde. Ele procura nas paredes. Uma palavra, qualquer coisa, em qualquer língua. Procura nos letreiros, nas fachadas das lojas. Outra pista. Onde está a outra pista? E de repente a resposta vem, a resposta abre um claro no peito de Conrad. Vishmaru. O Grego está indo atrás de Vishmaru. Talvez esteja com ele agora. Talvez já o tenha matado e escrito o resto da mensagem com seu sangue numa parede. A pista que falta. Conrad olha para o céu. Que claridade é aquela? O que está acontecendo? O céu ficou cinza, ficou azul, a nuvem se iluminou, alguma coisa vai... E então Conrad se dá conta de que está apenas amanhecendo. Decididamente, não sou mais o mesmo, pensa, correndo na direção do seu apartamento.

Toc-toc, slosh-slosh, rodando e rodando, um anti-Ahab escondido da baleia. As luzes da sala apagadas, o rumor que entra da rua com a brisa morna, o hálito da cidade, os olhos do exilado, lá do fundo, examinando a nuvem roxa que cobre a cidade como uma maldição, procurando um sinal, qualquer sinal, qualquer revelação. Dona Maria já foi para casa, já comi meu jantar solitário, agora rodo pela sala como se rodasse dentro do meu próprio cérebro, cuidando para não derrubar as pilhas de livros empoeirados. Toc-toc, slosh-slosh...

4.

— Minha cunhada tá com placas desse tamanho na pele — disse dona Maria, apontando para as minhas torradas.

Joguei as torradas no lixo. Peguei o jornal que dona Maria trouxera. Lá estava, na primeira página, uma foto do enterro do Zarolho e uma foto menor do Candó, pai e assassino. Numa das páginas policiais no interior do jornal havia uma entrevista com o inspetor Macieira, ilustrada com uma foto dele olhando sério para a câmera com seus olhos saltados. Macieira já fizera contato com o Candó, que concordava em se entregar à polícia desde que o Macieira estivesse presente. Macieira não tinha dúvidas de que o assassinato fazia parte de uma guerra de quadrilhas. Candó dominava o tráfico de drogas no Jardim do Leste, Zarolho e o seu grupo queriam o território, Candó reagira. Macieira não tinha dúvidas. Então bateram na porta e era o nosso herói. Começava a segunda visita do macio Macieira. Seu rosto estava mais grave do que na fotografia do jornal.

— Trago más notícias.

Eu não queria ouvir. Apontei para o jornal.

— Estava lendo a sua entrevista. Você é um personagem da cidade e eu não sabia!

Ele mostrou as palmas das mãos sem erguer os braços.

— A gente faz o possível.

— Ouvi você no rádio, também. Aqui, no rádio infernal da dona Maria.

Ela me ignorou.

— Trago más notícias — repetiu o inspetor.

— Vamos para a sala — disse eu, erguendo-me da mesa onde quase tomara o café da manhã, recusando o gesto de ajuda de Macieira e pegando minha muleta. Carreguei o jornal.

— Trabalhei bastante nos últimos três dias. Conrad, o coitado, está numa enrascada.

Macieira não sorriu. Sacudiu a cabeça, compungido. Como se eu tivesse contado das dificuldades de um amigo. Ele esperou que eu me sentasse antes de sentar-se também.

— Infelizmente... — começou ele.

— Você quer ouvir em que pé está a história?

Enfatizei o "pé".

— Depois. Antes, preciso me, ahn, desincumbir de uma notícia não muito agradável.

— Aposto que a minha história é melhor.

— Por favor. A moça. A Lília...

Me deu vontade de rir. Senti um vazio na barriga e ao mesmo tempo um desejo quase incontrolável de dar risada. O que era aquilo, afinal? Que jogo era aquele? Ele continuou.

— Ela foi encontrada morta. Exatamente como Ann, no seu livro.

— Lília?

— A faxineira. Exatamente.

Não me contive e dei uma gargalhada. Ele baixou os olhos, como se a minha insensibilidade o embaraçasse.

— Desculpe, inspetor. Você disse como Ann, no meu livro?

— Sim. Uma faca no pescoço.

— Mas Ann não morre assim, no livro. Aliás, decidi que ela não morre de jeito nenhum.

— Mas no outro dia você me disse...

— Eu disse como escreveria a morte de Ann. Mas mudei de ideia e não a matei. Ela continua viva.

Ficamos nos olhando, em silêncio. Seus olhos saltados, os meus no fundo das suas cavernas. E agora?

— Sr. Eliot...

— Estevão.

— Estevão. Outro dia, nesta sala, nós conversamos sobre certas, como direi...

— Coincidências.

— Estranhas coincidências. Eu descrevi um assassinato que era a cópia perfeita de um crime cometido pelo vilão de um dos seus livros. O Grego. Só que o livro foi publicado depois do assassinato. Correto?

Outra vez, tive que me conter para não rir. Ora, ora, Macieira. Ora, ora.

— Correto.

— Na mesma ocasião, eu mencionei que a palavra escrita com o sangue da vítima numa parede, da vítima real, foi apagada por uma faxineira, e o senhor imediatamente identificou o elemento. A faxineira. Que por acaso era sua faxineira também.

— Exato — me adiantei.

— Como era coincidência demais, fui procurar a faxineira, Lília.

Eu me esforçava para conter o riso. Perguntei:

— Esperando descobrir exatamente o quê?

— Qual era o papel dela nesta trama. Ela talvez fosse uma cúmplice.

De novo, não consegui me conter. Ele esperou pacientemente que eu terminasse de rir.

— Estevão...

— Espere, inspetor. Cúmplice! Essa história não tem pé nem cabeça. Essa história não dá pé! Você pensava que o assassino pudesse ser eu, é isso? Eu mal consigo calçar um sapato, inspetor, o que dirá andar por aí esfaqueando mulheres e escrevendo coisas em grego nas paredes. A última vez que saí deste apartamento foi para ir ao dentista, e nem me lembro mais quando foi isso. E eu sou um escritor, inspetor. De quinta categoria, mas um escritor. Pertenço à profissão mais inofensiva do mundo. Só mato gente nas minhas histórias. E às vezes volto atrás e não mato.

Ele sorriu.

— Só não concordo com o "de quinta categoria".

— Obrigado. Mas, francamente, inspetor...

— Estevão, você conhece o Olho do Divino?

Já tinha ouvido aquilo em algum lugar. Mas não, não conhecia. E então o macio Macieira contou uma das suas histórias. Histórias, histórias. Contou que no meio do Jardim do Leste, no umbigo do Jardim do Leste, existe uma igreja. É uma das poucas edificações no Jardim do Leste que não é de madeira. Uma igrejinha que foi desativada pela diocese porque o padre enlouqueceu e se recusa a ser substituído. E, mesmo, ninguém no Jardim do Leste o deixaria sair, pois consideram o padre Pedro um santo. Um dos primeiros sinais da loucura do padre Pedro foi a sua decisão de destruir o altar e substituí-lo por um imenso olho azul pintado na parede dos fundos da igreja. Ele diz que é o olho de Deus, o Olho do Divino. Só pode entrar na igreja quem não tem vergonha de se apresentar diante do Olho do Divino. E ele mesmo não entra na sua igreja.

— O próprio padre Pedro não entra na igreja?

— É. Ele mora num casebre atrás da igreja, mas nunca entra na igreja. Porque ele tem vergonha de aparecer diante do olho azul de Deus. Tem o corpo todo marcado. Tem o corpo deformado. Ele diz que é porque sente na carne tudo que fazem aos seus filhos. Meu afilhado, o Luiz Carlos, o Zarolho, era coroinha da igreja. Quando ele perdeu um olho numa briga com o pai, no dia seguinte o padre Pedro amanheceu com um olho branco. Por isso ele nunca mais entrou na igreja. Diz que não quer que Deus o veja assim, não quer que veja o que fizeram com ele e com seus filhos. Tem vergonha. Manda os outros entrarem, desde que não tenham o que esconder de Deus, mas ele fica de fora, às vezes espiando rapidamente por uma janela e recuando antes que Deus o veja. Ele é milagreiro. Ele...

O Macieira teve que parar porque eu estava rindo de novo.

— Você acredita nisso, Macieira?

— Devia acreditar. Foi ele que fez a prótese no meu pé.

Agora me lembro. Foi na segunda visita do Macieira que fiquei sabendo do pé de cabrito. De cabrito! O Macieira perdera o pé, não tinha a quem recorrer, procurara o padre Pedro, e este lhe dissera "encontre um pé de cabrito e traga aqui". O Macieira então saíra atrás de um cabrito e...

— Você mesmo, sem um pé, foi caçar um cabrito?

— Fui. E arranquei o pé de um cabrito. Aliás, o cabrito está vivo até hoje...

— E não deixa você mentir.

— Exatamente.

Me dei conta de que o inspetor não tinha nenhum senso de humor. As civilizações em ruínas produzem cínicos e crentes. Ou você não acredita em mais nada ou você acredita em tudo. Mas naquela sala, naquela manhã, com o rádio a todo volume na cozinha, éramos apenas um inocente e um louco. Só faltava saber qual dos dois era o quê.

— E o padre Pedro colocou o pé de cabrito na sua perna...

— Só com as mãos. Sem costurar, sem nada.

— Ó, Macieira...

— Você quer ver?

Ele já ia arregaçando a calça, mas eu o detive. Os horrores que a dona Maria trazia, diariamente, do Jardim do Leste para envenenar o meu exílio já me bastavam. E não posso ver cicatriz.

— Você, então, tem um pé de cabrito...

— Você tem alguma fé, Estevão? Eu sei que a sua família é muito religiosa. E você?

— Eu às vezes sinto cócegas no meu pé esquerdo, mas não passa disso.

O esquerdo era o pé que eu não tinha.

— Não entendo.

— Às vezes sinto cócegas no pé que não tenho mais. É a minha única experiência metafísica.

— Então você não acredita no que o padre Pedro diz. Que os pensamentos maus também ferem a carne.

— O que é que o padre Pedro diz?

— O padre Pedro diz que pensar e fazer são a mesma coisa. Para o Olho do Divino, são a mesma coisa. Pensar também abre a carne.

Eu ri de novo, mas desta vez foi breve, como uma tossida.

— O que você quer dizer, Macieira, é que eu posso ter cometido crimes em pensamento. Eu os imaginei, eles aconteceram, é isto? Consegui o que todo escritor sonha, que é influir na realidade sem sair de casa. É isso?

Ele abriu os braços.

— Isto é uma investigação. Temos que examinar todas as possibilidades.

— Você não respondeu a minha pergunta. *Você* acredita no padre Pedro?

— Eu acredito no pecado e na salvação.

Ele acreditava no crime e no castigo. Acreditava que todas as histórias tinham que ter um fim e fazer sentido ao Olho do Divino.

— Você acha que pecar em pensamento é o mesmo que pecar em ação, e que os maus pensamentos também podem abrir a carne?

— Não sei. Todo homem já matou um pai ou um filho em pensamento...

— Ou um irmão.

— Mas aos olhos da lei assassino é só quem mata mesmo.

— E aos olhos de Deus? Ao Olho do Divino?

O filho da puta respondeu indiretamente.

— Eu entro na igreja do padre Pedro sem piscar.

— E o olho azul de Deus também não pisca, aposto.

— Não — disse ele, sério.

— Mas você me disse que já matou muita gente.

— Era necessário.

— E a necessidade é cega.

— O Senhor...

— Não me chame de senhor — ordenei, senhoralmente. Era preciso não esquecer que eu tinha nascido numa avenida de casarões enquanto ele era um personagem do lixo da cidade.

— Eu ia dizer que o Senhor, Nosso Senhor, distingue uma morte necessária de um assassinato.

Silêncio. Depois:

— Isto tudo é um jogo, não é, Macieira?

— Não. O que é isso?

— É um jogo! É uma charada. Qual é o jogo, Macieira?

— Jogo nenhum. Só estou fazendo o meu trabalho. Houve um crime. Houve uma coincidência. Várias coincidências. Eu estou investigando. É o meu trabalho.

— Um crime não, Macieira. Dois crimes. Você esqueceu a Lília. Eu matei uma mulher no Jardim Paraíso. Matei indiretamente. Imaginei um vilão, o Grego, ele tomou forma, foi lá e, sem eu saber, esfaqueou a mulher e deixou uma frase escrita na parede, só para me comprometer. Lília, a faxineira, chegou, viu a mulher assassinada, viu a frase escrita com sangue na parede e pensou: "Isto só pode ter sido trabalho daquela mente doentia, daquela mente criminosa. Eu sabia que ele era louco, senti o gosto da loucura no seu sêmen. É melhor eu apagar tudo senão pegam o meu patrão, pegam o pobre do perneta".

— Estevão...

— Mas entra em cena o incansável inspetor Macieira, o que até hoje só não resolveu um caso, auditório, e que por uma coincidência tinha lido um livro em que havia um assassinato igual àquele, e...

— Não. Você esqueceu. O livro saiu depois do crime.

— Muito bem. O incansável inspetor Macieira, que gosta de ler porcaria, um dia lê um livro em que aparece um crime igualzinho ao do Jardim Paraíso. O autor inclusive fala na frase escrita em sangue na parede, coisa que ninguém sabia, pois a imprensa não deu, coisa que só a polícia e a faxineira sabiam. Além, claro, do próprio assassino. Macieira visita o autor do livro. Descobre que a faxineira que apagou a frase da parede é, por outra incrível coincidência, faxineira do autor. É coincidência demais. Até numa história de quinta categoria, seria coincidência demais. Macieira vai visitar a faxineira para descobrir qual é o seu papel na trama. E então...

Estendi a mão na direção do inspetor, como se o estivesse chamando ao palco. Era a vez dele de contar a história.

— Bati na porta.

— Onde ela mora?
— Você não sabe?
— Nós mal nos falamos.
— No Jardim do Leste.
— Claro.
— Bati na porta. Ninguém abriu. Ouvi um barulho dentro da casa. É um casebre. O barulho de alguém se arrastando pelo chão. E outro barulho, como o de um gargarejo. Depois o barulho de um móvel caindo.

Eu não estava mais com vontade de rir. O inspetor continuou.

— Forcei a porta. Lília estava estendida no chão. Atrás dela, um rastro de sangue. Como um véu de noiva, um manto, um lençol de sangue.
— Cacete.
— Ela tinha se arrastado até perto de uma mesa e virado a mesa. Sabe o que tinha em cima da mesa?
— Sei que você vai me dizer.

Tentei rir mas não consegui. Estevão atordoado. Estevão com medo.

— Os seus livros. Mesmo com o pescoço aberto, mesmo se esvaindo em sangue, ela teve forças para se arrastar até a mesa, derrubá-la e pegar um dos seus livros. E estava com um livro na mão. E estava com um dedo entre as páginas do livro, marcando uma página.

Engoli em seco.

— Ora, ora, Macieira. Ora, ora.
— Seu pai dizia isso, não é? Ele realmente disse aquilo?
— O quê?
— Ela acabara de morrer quando eu entrei. Não ouvi mais o barulho de gargarejo, que era o som do sangue saindo pela sua garganta aberta.

Ficamos os dois em silêncio. Eu não queria mais rir. Disse:

— Inspetor...

— Sim?

Ergui o jornal, que continuava na minha mão.

— Aqui no jornal não diz nada sobre essa mulher, esse casebre, esse lençol de sangue. Li a seção policial toda e não vi nada disso. Todo o espaço é dedicado ao enterro do Zarolho e à sua entrevista.

Ele estava inclinado para a frente na cadeira. Sacudia muito a perna, mas seus olhos saltados tinham uma expressão triste. Devia estar cansado. Um justiceiro da cidade não tem descanso.

— Fiz questão que ninguém soubesse, muito menos a imprensa.

— Por quê?

— Você não ouviu? Ela estava com um dos seus livros na mão. O dedo indicava uma página. Provavelmente escolhida ao acaso. Mas ela fizera questão, mesmo se esvaindo em sangue, de segurar um dos seus livros. Como quem faz questão de deixar uma mensagem. Uma pista.

— Que livro era?

— *Ritual macabro.*

Qual era o jogo do Macieira?

— Que página?

— A da cena na praia. O primeiro encontro de Conrad com o Grego.

Conrad segue as pegadas do Grego na praia. O Grego acabou de matar mais um. Conrad chegou tarde, não evitou o crime por uma questão de minutos. A vítima está estendida no chão, a grande barriga para cima, em meio a uma poça de sangue. O Grego usou o sangue para escrever uma frase em grego na parede. Conrad não se detém para examinar o corpo ou a frase, porque viu pegadas de sangue na direção da praia, depois vê pegadas na areia, pegadas limpas, pegadas de um homem caminhando lentamente, como se quisesse ser alcançado. E Conrad não demora a avistar o homem. Ele está de pé, um pouco encurvado, com as mãos às costas, olhando para o mar. É o Grego. Não há dúvida, é o Grego. Conrad se aproxima. O Grego vira-se para ele. "Conrad?" Conrad não diz nada. Está tentando localizar a faca. Sabe que o Grego só usa faca. O Grego fala de novo. "Que bom que você veio." E depois: "Vai começar o catecismo"...

— O quê?

— A cena de Conrad com o Grego na praia. Em que ele diz...

— Eu me lembro.

Eu me lembrava. É a cena em que o Grego diz a Conrad que ele está completamente enganado. Que ele, o Grego, não é um psicopata. Que o que ele faz é porque tem que ser feito. "Aquele homem lá dentro", diz o Grego, indicando a casa da praia. "Ele precisava morrer. Muitos queriam a sua morte, mas ninguém queria a culpa de tê-lo matado. Eu não tenho culpa. Quando um homem precisa morrer e é o medo da culpa que detém os seus executores, então a culpa é culpada, a culpa também tem que ser executada. Eu não tenho culpa nenhuma. Eu sou um inocente. A cada crime que cometo fico mais inocente." "Você é um louco", diz Conrad, tentando prever de onde o Grego tirará a faca. "Viu? Você precisa se convencer que eu sou um louco para me matar sem culpa", diz o Grego. "Para que a minha morte se torne necessária. Eu não preciso me convencer de nada. Eu sei quem precisa morrer. Não perco tempo." "E como você decide quem precisa morrer?", pergunta Conrad, para ganhar tempo, planejando o ataque. "Não sou eu que decido, Conrad. Já está decidido. Está na história. Leia os gregos. Me leia. Eu não escrevo nas paredes para me divertir, sabe?" Lembro que a editora encrencou com a cena. Pela primeira vez num dos meus livros Conrad e um vilão tinham trocado mais do que cortesias forçadas sobre uma mesa de restaurante ou de jogo, ou insultos, a ação estava demorando. Finalmente, ação. Conrad saltou sobre o Grego. A faca devia estar escondida na manga. Era isso, escondida na manga. Quando se afastou, deixando Conrad sangrando na areia, o Grego disse: "Primeira lição, Conrad. Mas não desista. O catecismo continua!".

— Como é que eu sei que você está dizendo a verdade, Macieira?

— Venha comigo. Vamos ao necrotério. Ela ainda não foi enterrada. Vamos à casa dela.

— Não posso sair daqui.

— Por que não?

— Dona Maria, abaixa o rádio!

— Por que eu inventaria uma história dessas?

— É o que eu estou me perguntando.

— Estevão, vamos fazer uma coisa...

Ele chegou mais para a frente na cadeira. O sapato no pé de cabrito era menor do que o outro, mas era um sapato comum. Ele provavelmente usava enchimento, se o pé era de cabrito mesmo. Ele agora tinha a vantagem. Eu não estava mais rindo dele. Estendeu a mão, como se fosse tocar o meu joelho, mas a recolheu em seguida.

— Vamos fazer o seguinte. Vamos supor que, por alguma razão misteriosa, alguma razão maluca, esses crimes tenham mesmo alguma coisa a ver com você, suas histórias e seus pensamentos. Apenas como conjuntura.

— Conjetura.

— Isso. Conjetura. Apenas como uma especulação, digamos assim...

— Literária.

— Isso.

Eu estava acuado e ele sabia disso. O inspetor Macieira resolvia os seus casos usando principalmente a inteligência e a psicologia.

— Então, me diga. Qual é o próximo crime do Grego? No livro?

— Ora, ora, Macieira. Ora, ora...

— Só como especulação. E então?

Concordei, pensando: "Que fique bem claro que eu nasci numa avenida de casarões enquanto você nasceu no lixo, e que já li mais livros do que você verá na vida, Macieira, e você não está me enganando nem por um minuto, pois um irônico ceticismo é o último baluarte da aristocracia condenada, mas vamos lá". Contei da morte do inspetor Hennessy, mas omiti a palavra "Anangke", que não faria qualquer sentido no Jardim do Leste, e da visita do Grego a Ann, mas sem mencionar a profanação do seu ventre branco.

— Por que o Grego não matou Ann?

— E eu sei? — respondi, irritado, dando-me conta em seguida da incongruência da resposta, mas ele deixou passar. Continuei: — Ele apenas deixa um recado para Conrad com Ann. Uma palavra, "omphalos".

— Sim — disse o inspetor, como se soubesse o que significava.

— Conrad deduz que o Grego se refere ao "omphalos" de Delfos, na Grécia. Mas a mensagem está incompleta. O que, em Delfos? Um encontro, presumivelmente, mas quando? E então, de repente, ele tem uma revelação. O Grego já matou seu melhor amigo, já invadiu o lar da sua amada, só resta atacar... quem?

— Quem?

— Você não é meu leitor? Quem?

— Olhe, eu não estou me...

— Vishmaru! O velho Vishmaru, pai espiritual de Conrad, que vive num casarão perto de Londres com Kabal, metade mulher, metade cachorro.

— Isso eu não me lembrava mesmo.

Se eu achasse que Macieira era capaz de ironia, desconfiaria que um "felizmente" ficara implícito no fim da frase.

— O Grego certamente atacará Vishmaru e deixará o resto da mensagem em alguma parede, escrita com sangue, ou no próprio corpo de Vishmaru.

— Ou da cadela.

— Não é uma cadela!

Os olhos do inspetor ficaram ainda mais arregalados diante da minha explosão infantil.

— Desculpe.

Deixei a história neste ponto. Conrad certo de que Vishmaru será a próxima vítima do Grego, se é que já não foi.

— Você sabe o que vai acontecer? O que vai escrever?

— Conrad corre para o seu apartamento. Tenta telefonar para Londres. Não consegue ligação. A telefonista informa que há qualquer coisa com os cabos telefônicos. O mar, o mar está conspirando contra Conrad. Ele corre para o aeroporto. Há algum problema com táxis em Nova York. Uma conspiração de táxis. Com a ajuda do porteiro do seu prédio, Conrad finalmente consegue um táxi, mas tem que compartilhar com mais duas pessoas. Um homem e uma mulher que também vão para o aeroporto.

Silêncio. Fora o rádio a todo volume, silêncio.

— E então? — pergunta Macieira, que está na beira do assento.

— Conrad embarca para Londres. No avião, pede para a aeromoça um uísque Glenlivet, com gelo re...

Macieira fez um gesto impaciente como se estivesse afastando a aeromoça do caminho. Não queria detalhes.

— Ele chega a Londres a tempo? — perguntou.

Deixei o suspense esticar, como um elástico. Eu também sou bom em jogos, Macieira. Finalmente:
— Não. Vishmaru está morto.
— O Grego?
— Sim. Vishmaru está caído sobre uma mesa, sobre o *Times*, sobre as cotações do dia na Bolsa de Londres.
— Degolado?
— Dezoito facadas no peito. E tem um X na testa. E não tem o olho esquerdo. E o Grego escreveu uma palavra com sangue na parede: "Salam".
— Outra pista.
— A informação que faltava. O X na testa é o dez romano, o décimo mês, outubro.
— E dezoito facadas. Dia dezoito de outubro.
— Não, não. Isso seria muito fácil. O Grego também gosta de jogos. Como você, Macieira. As feridas estão dispostas no peito magro de Vishmaru como a trajetória de um corpo celeste no céu. A falta do olho esquerdo completa a pista. Na magia, o olho esquerdo é o orifício controlado pela Lua. Nas cartas de tarô, dezoito corresponde à Lua. E o olho arrancado de Vishmaru está colocado ao lado da sua cabeça, sobre as cotações do dia na Bolsa de Londres, como uma pequena Lua cheia.

Macieira fez uma cara involuntária de nojo, que registrei com prazer. Continuei:
— A palavra "Salam" é o nome mágico da meia-noite. Estava completa a pista.
— Em Delfos, à meia-noite, na Lua cheia de outubro...
— Exato.

Macieira ficou me olhando. Um de nós era inocente, um de nós era louco.
— O que acontece depois?
— Ainda não sei. Tenho que pensar.

Ele fez o gesto que sinalizava que o assunto estava encerrado, batendo com as palmas, levemente, nas coxas. Disse "Muito bem" e perguntou se podia voltar outro dia. Eu disse que tudo bem. Ele disse que precisava tratar do enterro da Lília, pois ela aparentemente não tinha ninguém, e começou a se dirigir para a porta.
— Inspetor?
Ele se virou.
— Sim?
— No corpo da Lília... Tinha alguma outra marca? Além do corte no pescoço?
— Marca? Não. Nada.
— Olhe, gostei de ouvir suas histórias.
Ele continuou sério.
— As minhas não são histórias. Infelizmente, são verdade.
— Você disse que sabia que a minha família é religiosa.
— Eu disse?
— Isso quer dizer que você sabe quem eu sou. Sabia desde a primeira visita.
— Sei. Sabia.
Abriu os braços, para se desculpar.
— Polícia tem um defeito incurável — disse. — A curiosidade. Me informei sobre você.
— Qual é o seu jogo, Macieira? O que é que você quer?
— O que é isso? — disse ele.
E não disse mais nada. Foi até a porta, no seu cuidadoso passo de cabrito, e saiu.

Depois do almoço, demorei a colocar a máquina no colo e recomeçar a trabalhar. Fiquei imaginando o Macieira solto na sua cidade pestilenta. Fazendo o quê? Encontrando-se com Lília e dizendo: "Agora mesmo é que ele não entende mais nada. Pobre do perneta". Ou então indo até o necrotério, tratar do enterro de Lília. Ele era um inspetor, isto era verdade. Mas também podia ser um louco. Ou um assassino. Estava usando a sua psicologia barata comigo. Mas para quê? Ou então estava dizendo a verdade. Aquelas coincidências estavam acontecendo mesmo. Um assassino igual ao Grego andava solto pela cidade, matando como o Grego...

Ou então, ou então!

Era o próprio Grego. O meu enigmático personagem, a minha criação. Ele também tem uma mensagem para mim, ele está usando o mundo e o pescoço dos outros e suas paredes para me dar uma educação. Minha mãe dizia, esse menino tem imaginação demais. O meu excesso de imaginação transbordara, estava nas ruas, degolando pessoas. Não há diferença entre pensar e fazer, ao Olho do Divino. Atirei a cabeça para trás para dar uma gargalhada, mas a gargalhada não veio. Maldito Macieira. Sua psicologia barata funcionara. O Jardim do Leste já me embrulhava o estômago, agora invadira o meu exílio, a minha mente, o meu último principado.

Decidi trabalhar. Lembro que a última coisa que pensei antes de começar a bater à máquina e voltar à estranha aventura de Conrad foi em Lília. Mas não pensei em Lília com a garganta aberta, nem no rastro de seu sangue, como um véu de noiva, no chão do casebre miserável, nem no seu dedo incriminador entre as páginas do meu livro. Pensei, com satisfação: puxa, ela lia os meus livros! Cheguei até a desejar que a história do Macieira fosse verdade só para que aquilo também fosse verdade. Ela me lia. Certamente sabia a cor dos meus olhos. Talvez até me amasse. Lília, Lília. Mas, ao trabalho.

— Dona Maria, abaixa esse rádio!

5.

Alguma coisa com os táxis de Nova York. O mundo fora dos eixos. Finalmente o porteiro conseguiu um. "Kennedy! Kennedy!" Mas havia outras pessoas no táxi que iam para o aeroporto. Uma freira e um homem desagradável que assim que Conrad sentou entre os dois lhe enfiou o cotovelo no lado e indicou a freira com o queixo, querendo dizer que estava preparando uma. Começou a contar uma anedota. Conrad olhou o relógio. Estava atrasado para o voo que reservara para Londres assim que desistira da ligação para Vishmaru. Seu pai espiritual, seu mestre, em perigo de vida por sua causa. "Um padre católico, um pastor protestante e um rabino estão presos num elevador", começou o homem. "O quê?", agitou-se a freira. Conrad viu pela licença que o motorista do táxi tinha um nome grego. "Um padre, um pastor e um rabino estão presos num elevador..." "Mas isso é terrível", disse a freira. "Não, não, dona, é uma anedota." "Como, uma anedota? Um padre, um pastor e um rabino presos num elevador!

Onde? Onde? Meu Deus, onde?" "Não é verdade, é uma história. Uma anedota!" Mas a freira estava com o rosto entre as mãos, era preciso avisar alguém, era preciso salvar aqueles homens! "Não, não, dona." Conrad pensava em Vishmaru, o sábio. Um dia, numa das suas aventuras, Conrad naufragara e dera numa praia do oceano Índico, quase morto. Vishmaru, que passava pela praia, meditando, recolhera Conrad e o levara para sua casa simples, de paredes brancas. Lá Conrad recuperara as forças e descobrira a sabedoria de Vishmaru. As três sabedorias. "Um padre, um pastor e um rabino ficaram presos num elevador, entende?" "Mas onde? Quando?" A freira não se conformava. "Faz muito tempo." O homem já se arrependera de ter começado aquilo. "Os três se salvaram, dona, não se preocupe." A freira estava quase chorando. Só de pensar naqueles pobres homens! As três sabedorias de Vishmaru eram a sabedoria da mente — a razão —, a sabedoria do coração — o amor, a fraternidade —, e a terceira sabedoria, não localizada, a sabedoria do corpo todo. O homem passava pelos três estágios da sabedoria na infância, na adolescência e na idade adulta — corpo, coração, mente — e precisava fazer a viagem de volta, voltar ao começo, à sabedoria polimorfa do corpo. Mas voltar por meio da razão, por meio de um ato de vontade, sensorializando, erotizando a razão e depois racionalizando o estado infantil de comunhão com o mundo, e... "Não tem nenhum padre! Não tem nenhum pastor! Não tem nenhum rabino!" O homem estava gritando, fora de si. "Era tudo invenção sua?", quis saber a freira. "Não! Eu ouvi de alguém." "Então existe um elevador com um padre, um pastor e um rabino presos, pobrezinhos." "Não! Não!" Vishmaru não adivinhava o futuro, mas suas profecias eram quase sempre corretas. Usava as cartas do tarô, ou o seu próprio olho místico, sua visão interior, e acertava mais do que errava. Sim, usava seus poderes para investir nas bolsas de Londres e Nova York o pouco que ganhava dos seus pupilos. Mas vivia frugalmente. Tinha um Rolls-Royce, mas tanto aquela casa numa praia do oceano Índico quanto sua casa perto de Londres eram escassamente mobiliadas, o próprio sábio dormia num estrado sobre o chão, e as paredes eram brancas e nuas. "Era uma anedota! Era uma anedota!" A freira não estava convencida, era mesmo? "Fui eu que inventei!", gritou o homem. "Está aí, fui eu mesmo que inventei!" Agora a freira estava indignada. Assustá-la daquela maneira. E que mente perversa. Que mente criminosa. Ele não podia inventar histórias bonitas, histórias inspiradoras, sem sofrimento? Francamente. "Era uma anedota. Uma anedota!" Vishmaru adotara Conrad, que não conhecia sua origem, que só se lembrava de ser um menino num barco no meio do mar, e guiara seus passos com conselhos e histórias. Muitas histórias. "O senhor devia se envergonhar", estava dizendo a freira. Quando chegaram ao aeroporto, Conrad saltou do táxi por cima dos joelhos do homem. Não podia perder tempo. Pagou sua parte na corrida rapidamente. Antes de ultrapassar a porta do terminal, olhou para trás. O homem estava em cima da freira, que se debatia sobre o asfalto, tentando estrangulá-la. O motorista descera do táxi e esperava o homem terminar para cobrar a corrida e ouvir o resto da anedota interrompida. Conrad correu para o check-in.

A família tinha uma casa na praia, para a qual emigrava todos os verões e ficava até o recomeço das aulas. Iam todos, com quase todos os empregados, menos meu pai e eu. Por causa de um problema respiratório de que não me lembro, eu não podia chegar perto do mar, por isso até os dezesseis ou dezessete anos só conhecia o mar das gravuras sombrias da biblioteca do meu pai ou de fotos e filmes, e do relato dos meus irmãos. Sabia que Tomás era o mais intrépido e nadava até além da rebentação. O mar era um monstro, mas o meu irmão mais velho andava no dorso do monstro, sem medo. Meu pai não gostava da praia, não gostava de nenhum lugar onde não pudesse usar seu colete, preferia passar os verões na cidade. Ficávamos só ele e eu no casarão, além de uma cozinheira. Uma faxineira vinha do Jardim do Leste duas vezes por semana, vez por outra seu Joaquim, que meu pai chamava de Joaquim das Flores, aparecia para retocar o jardim. Uma noite eu não conseguia dormir, devido ao calor, e saí a caminhar pelo corredor superior do casarão, na direção da escada. Acho que ia até a cozinha beber água. Estava quase chegando à escada quando vi a porta do fundo do corredor, do quarto dos meus pais, se abrir e por ela sair uma moça. Ela não me viu. Veio caminhando na ponta dos pés pelo corredor na minha direção. Provavelmente também estivesse com sede. Quando ela me viu parou, assustada. Fechou rapidamente o robe da minha mãe, que usava sobre uma camisola de flanela, e ficou me olhando, com as mãos juntas na frente do peito. Parecia uma moça simples, bonita, apesar dos olhos muito saltados. Nenhum de nós disse nada. Ela deu a volta e quase correu para o quarto. Eu voltei para o meu, com o coração batendo e a garganta apertada. Poucos minutos depois, ouvi uma batida na porta e a voz do meu pai. "Estevão?" Não respondi. Ele abriu a porta, devagar. Fingi que estava dormindo. Ele chamou outra vez. "Estevão?" Depois fechou a porta e foi embora. Passei a noite toda sem dormir, querendo chorar e não conseguindo. De manhã corri da porta do meu quarto até a escada, temendo que a porta do fim do corredor se abrisse outra vez. Tomei café às pressas e corri para o fundo do jardim. O Joaquim das Flores estava no primeiro terraço, mas não parei para falar com ele, como fazia sempre. Me escondi no jângal dos fundos. Fiquei lá durante toda a manhã. Mas sabendo que na hora do almoço teria que enfrentar meu pai. Ao meio-dia seu Joaquim veio me chamar. "Está na mesa." Quando entrei na cozinha, a empregada avisou que meu pai esperava por mim na biblioteca. Fui até lá. Ele estava sentado na sua poltrona de couro rachado. Evitei os seus olhos. Ele me mandou sentar. Perguntou:

— Dormiu bem?
— Dormi.
— Que calor, não é?
— É.

Quando levantei os olhos, vi que ele tinha tapado os seus. Tinha uma mão atravessada na frente dos olhos, como uma máscara.

— Estevão...
— Quié?
— Você vê o seu irmão?

Meu irmão? A conversa era sobre o meu irmão?

— Não.
— O Tomás não procura você?
— Às vezes.
— E o que ele diz? De mim.
— Nada. A gente fala de outras coisas.
— Não fique contra o seu pai.

Eu não disse nada. Ele sabia que alguma coisa estava se rompendo, que alguma coisa estava acabando entre nós. Por um momento temi que ele aproveitasse a minha descoberta da noite anterior para reforçar a nossa união. Para propor uma cumplicidade de machos, embora nunca tivesse me falado nada sobre sexo, tudo que eu sabia aprendera dos irmãos e dos livros. Ele tinha levado uma mulher para dentro de casa, para dentro do quarto, para a cama da minha mãe, mas aquele seria o nosso segredo, nós contra todos, nós contra a mãe. Mas eu não o acompanharia na traição. Fomos para a mesa, almoçamos em silêncio, ele não disse nada sobre a moça, ele nunca tocou no assunto, e as coisas entre nós nunca mais foram as mesmas. Continuei frequentando a sua biblioteca e encontrando-o lá, mas as coisas entre nós nunca mais foram as mesmas. Um dia ele perguntou por que eu não ia mais à igreja. Eu respondi, sem olhar nos seus olhos, que não entendia como ele ainda ia à missa, e se confessava, e comungava todos os domingos. Ele ignorou a minha resposta e perguntou se eu ainda acreditava na igreja. Respondi que não entendia como ele acreditava. Mas ele não ficou vermelho nem começou a gritar, como eu esperava. Contou uma história. Histórias, histórias. Um dia um homem procurou um sábio porque queria saber toda a verdade sobre a vida e o universo, pois estava angustiado, precisava saber tudo, toda a verdade. Daria toda a sua fortuna em troca da verdade. E o sábio começou a falar, mas o homem o interrompeu depois da segunda palavra e disse: "Quero que você me diga que foi Deus que criou o mundo e tudo que há nele, e que nós vivemos pela vontade de Deus, na sua bondade infinita, e que a vida terrena é apenas uma breve preparação para a vida eterna ao lado do Senhor e de todos que nós amamos — senão eu não pago". E o sábio disse que era assim, e o homem deu toda a sua fortuna ao sábio e saiu feliz, pois alcançara a paz do espírito. Eu disse, agressivamente, que aquilo não era resposta, e ele disse que em troca de toda a minha fortuna daria a resposta que eu queria ouvir, mas de graça a resposta era aquela. Mas eu me recusei a rir, e ele então viu nos meus olhos que eu queria vê-lo morto antes que a minha mãe voltasse da praia. Então sim, ele ficou vermelho, e gritou:

— Teu irmão te envenenou contra mim!

E, os braços abertos para o alto:

— Cristo, Cristo!

Não sei se, naquele verão, ele levou a mulher outra vez para dentro de casa. Eu não a vi mais. Um dia, quase no fim das férias, entrei no quarto deles e peguei o robe da minha mãe que a mulher usara naquela noite. Levei-o para o fundo do jardim e o enterrei no lodo frio do jângal. Como num ritual.

No avião para Londres, Conrad sentou entre um homem e uma mulher. A mulher era bonita, loira, alta, o homem era bonito, moreno, alto, os dois usavam óculos escuros o tempo todo, eram esportivos, eram perfumados. Conrad perguntou à comissária se serviam o uísque Glenlivet. "Infelizmente, não, senhor. Mas temos..." "Esquece", disse Conrad. Recusou a comida também. Inclinou sua poltrona para trás e tentou dormir. Pensava em Vishmaru, que talvez já estivesse morto àquela hora. O que é que o Grego queria dele? O catecismo continuava. Mas o que o Grego estava ensinando? Abriu os olhos o bastante para ver que a cabine do avião estava escura e começavam a passar o filme. Fechou os olhos de novo. Sentiu uma mão pousar na frente da sua calça e começar a apalpar seu pênis. Abriu os olhos e se surpreendeu ao ver que era a mão do homem. Mas em seguida a mão da mulher pousou na sua perna e foi subindo pela coxa para apalpar seu pênis também, e encontrou a mão do homem. A mulher se assustou, mas não retirou a mão, passou a apalpar o dorso da mão do homem, que virou a sua palma para cima e agarrou firmemente a mão da mulher. Os dois se inclinaram para a frente, se olharam e sorriram, e começaram a conversar, sem se largarem as mãos. Conrad perguntou ao homem se ele queria trocar de lugar e o homem aceitou. O homem e a mulher conversaram animadamente durante toda a viagem, de mãos dadas. Como não dormiria mesmo, Conrad continuou a pensar em Vishmaru. Não se perdoaria se Vishmaru, seu mestre, o bom sábio, morresse por sua causa. Talvez seu medo fosse infundado. Como o Grego saberia da existência de Vishmaru? Mas o Grego, aparentemente, sabia de tudo. Sabia da sua amizade com Hennessy, sabia de Ann. Dona Maria, o rádio! Como Macieira sabia que meu pai dizia "ora, ora"? Macieira saberia de tudo como o Grego? Conrad pensava nos olhos bondosos de Vishmaru, na sua barba grisalha, na sua voz cômica, quase feminina, mas que só fazia rir quando o bom Vishmaru dizia alguma brincadeira, geralmente sobre si mesmo, pois era modesto e incapaz de ferir quem quer que fosse, mesmo em pensamento. História maluca a do Macieira. Ele devia pensar que eu era um bobo ou um louco. Os pensamentos também ferem a carne... Ora, ora, Macieira. Ora, ora. Qual seria o jogo dele? O que o Grego queria com Conrad? O Grego já podia ter matado Conrad. Tivera duas chances e não o matara. Estava preservando Conrad para o que, para que revelação ou martírio? Mas Conrad também tivera a chance de matar Macieira, quer dizer, o Grego, e não o fizera. Dona Maria, abaixa esse rádio! Uma sombra passara pelo seu rosto e ele fora incapaz de puxar o gatilho e matar o Grego como ele merecia, como o animal que ele era. E por isso agora o Grego podia estar matando o bom Vishmaru. Seu mestre, seu conselheiro, o guardião da sua alma.

 Conrad foi o primeiro a descer do avião em Londres e correu para pegar sua mala depois de passar pelo controle de passaportes. A mala demorou a aparecer. Quando saiu do terminal para procurar um táxi, Conrad viu o casal que viajara com ele sair de outra porta. Os dois estavam abraçados e ainda conversavam animadamente.

Joaquim das Flores dizia, com sua voz mansa, que tudo tem seu tempo certo, e se uma planta floresce antes do tempo, então o tempo é que está errado.

 — Por que o senhor só cuida do terraço de cima do jardim e não arruma o segundo terraço, seu Joaquim?

— Cada coisa no seu tempo.

Daquele jeito o seu Joaquim nunca chegaria ao terceiro terraço, nunca limparia o jângal, pois certamente morreria antes.

— Alguém vai arrumar lá atrás, um dia.

— Seu filho, seu Joaquim?

Eu sabia que ele não tinha filhos. Ele pensou um pouco e respondeu.

— Quem arrumar lá atrás, esse será meu filho.

Eu contei para Tomás da intrusa na cama da nossa mãe e ele disse um palavrão. Mas disse que já sabia que o velho tinha outra mulher. Como, eu quis saber. Então aquela não fora uma aventura passageira? Ele perguntou como era a mulher. Eu respondi: moça, bonita, os olhos saltados.

— É ela mesma. Eu conheço. Os dois estão juntos há anos.

— Mas ela é tão moça!

— Quando eles começaram, ela era uma menina.

— Mas por que ele trouxe ela para dentro de casa agora?

— Talvez já tivesse trazido antes. Em outros verões. Você é que não viu.

Eu me lembrava dela no corredor, caminhando na ponta dos pés, para não acordar o são Estêvão. Não era a primeira vez que dormia lá. O Tomás parecia estar hesitando em dizer alguma coisa. Finalmente disse.

— Eles têm um filho. Da tua idade.

Eu baixei a cabeça para esconder o choque. Não sei se Tomás chegou a ouvir o soluço, que tentei disfarçar com a tosse.

— Como é que você sabe tudo isso?

— Eu sei de coisas sobre o velho que você nem sonha.

Pensei: ele está me envenenando. Eu sou o favorito do meu pai e por isso ele está me envenenando. Que coisas? Mas o Tomás me poupou. Meu irmão mais velho me protegeu. Disse "Deixa", disse que era melhor eu voltar para casa. O seu Joaquim, que trabalhava no casarão desde que o Tomás nascera, não aprovava o que ele fizera, saindo de casa, virando-se contra o pai, tentando levar os outros irmãos com ele.

— Não era o tempo — dizia o seu Joaquim. — Ainda não era o tempo.

Do aeroporto para a estação de trem. Rápido! Conrad guardou a mala na estação. Pegou o trem que o deixaria perto da casa de Vishmaru, nos arredores de Londres. Só tinha um lugar no vagão, entre um homem de meia-idade que lia seu jornal e uma mulher muito pálida que olhava fixamente para a frente, sem expressão. Conrad hesitou, mas acabou sentando entre o homem e a mulher. Se deu conta de que há muitas horas não botava nada na boca, salvo o uísque Glenlivet. Mas não tinha fome. O medo ocupava o seu estômago. Não sabia se chegaria a tempo de salvar Vishmaru. O velho não morava sozinho, tinha Kabal, a mulher-cachorro, tinha discípulos. Mas nada deteria o Grego. Conrad chegara tarde para salvar a vítima do Grego na casa da praia, chegara tarde para salvar Hennessy, chegara tarde para evitar que a faca aviltadora do Grego riscasse o ventre da doce Lília, Ann, Lília, Ann, Ann! Se era invenção do Macieira, por que Lília não apareceu ontem? Eles eram cúmplices. Macieira a estava usando no seu jogo. Mas qual era o jogo? Conrad tentava decifrar os motivos do Grego para fazer aquilo com um pobre perneta. Quer dizer, com ele, Conrad. Não podia ser só vingança, só o capricho sangrento de uma mente cruel. O que era?

— Catecismo — disse o homem à direita de Conrad.
— O quê?
— *What?*
— O senhor falou?

— Cataclismo — disse o homem, apontando para uma notícia no jornal, algo sobre uma guerra em algum lugar, Conrad não se interessava muito por política. — Duzentos mortos num dia só. E as armas continuam chegando, para os dois lados. Do mesmo fornecedor, não duvido.

— Homens! — disse a mulher à esquerda de Conrad, como se um dos dois tivesse feito algo reprovável.

— O quê?

— *What?*

— A senhora disse alguma coisa?

— Eu disse "homens!".

Conrad e o homem do jornal se entreolharam. O homem do jornal decidiu ir adiante.

— O que a senhora quer dizer com "homens"?

Ela apontou para o jornal.

— Perdi dezessete filhos nessa guerra.

— Impossível, madame. É uma guerra entre muçulmanos. Árabes, ou coisa que o valha. Duvido que a senhora tivesse dezessete filhos árabes. Ou mesmo um só. Altamente improvável.

— Cento e dezessete! — disse a mulher.

— Minha senhora, vamos ser sensatos. Ou a senhora é um prodígio de fecundidade para dar à luz tantos filhos, ainda mais árabes, ou está havendo algum engano.

— Você acha que eu não posso ter filhos?

— Não se trata disso. Eu...

A mulher levantou-se num impulso e bateu no próprio quadril.

— Veja esta bacia!

— É uma ótima bacia inglesa, mas...

— Ela já produziu milhões de filhos. Gerações inteiras! E você vê algum filho do meu lado? Vê? Nenhum. Fui abandonada, como as cascas de um ovo. Como a pele que os bichos deixam para trás, na muda.

O homem também estava de pé. Olhava em volta para os outros ocupantes do vagão como se procurasse um aliado contra aquela louca.

Finalmente ordenou:

— Sente-se!

— Não sento!

— Sente-se ou sentirá o metal frio do meu guarda-chuva nas suas entranhas!

A mulher sentou-se, contrariada. O homem ainda ficou de pé por alguns segundos, para assegurar-se de que ela estava sob controle. Depois também se sentou.

— Mulheres — disse, indignado, para Conrad. — Ainda bem que nunca tive qualquer contato com essa espécie. Elas sangram, você sabe. Até a rainha. Eu nunca tive mãe. Graças a Deus, não foi preciso. Meu pai e um colega de escola me tiveram.

Do outro lado de Conrad, a mulher resmungava.

— Homens. Infanticidas. Parricidas. Matricidas!

— O quê? — desafiou o homem, pronto para levantar-se outra vez.

— Calma — pediu Conrad.

— Monstros! — insistiu a mulher, olhando para a frente.

— Não sei para que precisamos de mulheres — disse o homem. — Dão bons sopranos, está certo, mas para isso temos os castrados. A mulher nasceu de um cochilo do homem. Está aí a Bíblia que não me deixa mentir. Mas elas não me pegam dormindo.

— Mal-agradecidos!

Quando Conrad desceu do trem, a mulher e o homem estavam de pé outra vez, e o homem ameaçava trespassá-la com seu guarda-chuva enrolado.

Reli o que tinha escrito. A editora certamente não ia gostar. Escrevia aquelas histórias há vinte anos, uma média de uma por mês, eram mais de duzentas, por que aquelas mudanças de repente? Eu não sabia o que o Grego queria de Conrad, não sabia o que o Macieira queria de mim e agora também não sabia nem o que eu estava querendo. Aquelas cenas absurdas, Conrad tomado de dúvidas e medo, o mundo transformado num enigma, a editora certamente não ia gostar. Mas eu ia em frente. Já tinha passado a grande trepada e me aproximava do desenlace, o leitor que tratasse de desenredar o enredo. Aquela história teria até epígrafe e epílogo. Até epígrafe e epílogo! Seria um marco na história das histórias de quinta categoria. No rádio infernal da dona Maria, o locutor anunciava que as contribuições para a construção do santuário para a pequena Valdeluz já chegavam a milhares e que acabava de chegar uma doação do conhecido homem de negócios Mabrik. O quê?!

— Dona Maria, aumenta esse rádio!

Ele realmente dissera aquilo? Eu devia estar delirando. Estava bem que a realidade invadisse a minha ficção, mas a minha ficção começar a invadir a realidade era demais, era loucura, era coisa do macio Macieira. Eu devia ter ouvido errado. Ou estava enlouquecendo. O Macieira tentava de todas as maneiras penetrar no meu cérebro, mas eu tinha uma surpresa para ele. Quando penetrasse... não me encontraria ali. Arrá! Calma, calma. Ao trabalho.

O Joaquim das Flores era analfabeto, um homem de fala mansa que era o empregado mais antigo do casarão. Não morava mais no porão, tinha um casebre no Jardim do Leste e vinha irregularmente inspecionar o seu jardim. Percorria o primeiro terraço com os olhos semicerrados, tentando descobrir alguma coisa para aparar, ou corrigir, ou recolocar no lugar. Procurando uma formiga para expulsar do paraíso.

— Quando o senhor vai cuidar do resto do jardim, seu Joaquim?

— Cada coisa no seu tempo.

— A parte dos fundos é um jângal. Acho que já tem até tribos de pigmeus.

— Não tem não. Eu chego lá.

— Por que o senhor cuida tanto desta parte?

— Porque isto aqui faz parte da casa. É como outra peça da casa do seu pai. Aquela parte ali — apontando para o segundo terraço — eu vou cuidar quando o seu pai morrer e os filhos tomarem conta da casa.

Todos os filhos menos o Francisco e eu já tinham saído da casa. Eu estava perto dos vinte anos, foi pouco antes do acidente, pouco antes de tudo acontecer. Eu tinha parado de estudar, passava o dia inteiro lendo e à noite saía, às vezes me encontrava com os irmãos para conversar ou ia, com o Francisco, "às putas". O Tomás então estava fugindo da polícia política. Eu não sabia bem por quê. Nunca me interessei muito por política.

— E o jardim dos fundos, seu Joaquim?

— Desse eu cuido quando a casa for sua.

— O senhor acha que eu vou ficar com a casa?

— Vai — disse o velho sábio. E o velho sábio acrescentou: — Mesmo se ela não existir mais, você vai ficar com a casa.

Se a paternidade é ou não uma abstração legal eu não sei, mas o fato é que, depois de anos de silêncio entre nós, às vezes cortado por diálogos secos da minha parte e constrangidos da dele, meu pai mandou seu advogado me procurar. O dr. Vico arranjou uma maneira de me pegar sozinho na biblioteca. E começou, claro, com uma história.

— Um dia eu cheguei para uma das nossas batalhas de xadrez e encontrei seu pai colocando um pedaço de papel entre as páginas de um livro, como se fosse uma cerimônia. Você sabe como o seu pai é teatral. Ele tinha o livro aberto numa mão e com a outra, lentamente, solenemente, colocou o papel, uma espécie de cartão, entre as páginas, depois fechou o livro com um estalo. Foi no dia em que você nasceu. E ele então me contou que no dia do nascimento de cada um dos seus filhos tinha feito a mesma coisa. Marcara uma passagem num dos seus livros preferidos para que o filho que estava nascendo naquele dia a encontrasse mais tarde, quando estivesse em idade de ler. Não significava nada. Era um recado, uma mensagem. Ele apenas queria proporcionar aquele prazer ao filho, no futuro. Ele imaginava que todos os filhos fossem ter o mesmo gosto pela leitura que ele tinha. Mas só você teve.

— Os papéis eram santinhos, cada um correspondendo ao nome de um dos filhos. Já encontrei cinco. Eu não sabia que ele tinha colocado com essa intenção. Pensei que fossem marcadores de livro que ele tivesse esquecido, só isso.

— Tem muita coisa sobre o seu pai que você não sabe.

— Eu sei de coisas demais sobre o meu pai.

— Você encontrou o seu santinho?

— Nem o meu, nem o do Tomás. Que livro era? O meu?

— Não sei. Aposto que nem o seu pai se lembra. Um dia você vai encontrar.

Olhei para as estantes cheias de livros encadernados até o teto. A busca podia levar uma vida inteira. Pelo menos, uma vida curta inteira. Uma vida de mártir.

— Seu pai é uma das melhores pessoas que eu conheço, Estevão. Ele é difícil, eu sei. Mas ele era louco pelos filhos. É louco pelos filhos.

— E nós o decepcionamos?

— Não. É que, sei lá. Essa coisa de pais e filhos é sempre complicada. O tempo passa, as pessoas mudam, é uma tragédia.

Ele pensou sobre o que tinha dito e concluiu que estava certo.

— É isso. A tragédia é que o tempo passa. A tragédia humana é essa. O tempo é o instigador, o tempo é o assassino, o tempo é o profanador. É por isso que a inocência é impossível. Só o atemporal é inocente e nada é atemporal, tudo acaba aviltado pelo tempo. E pela certeza da morte, que é o último crime do tempo.

Ele riu com a sua própria eloquência, mas seus olhos sérios tentavam penetrar nas minhas cavernas, eu estaria entendendo tudo aquilo?

— As pessoas às vezes ajudam o tempo a degradá-las — disse Estevão, o Reto.

— Não julgue o seu pai. Ele é um homem dilacerado.

Ele hesitou, examinou o próprio adjetivo e o aprovou.

— Dilacerado, é isso. Tem uma mente aguçadíssima, mas a embotou contra essa maldita religião. Quando nós tínhamos a sua idade, passávamos noites inteiras discutindo sobre, literalmente, Deus e o mundo, e quando eu não tinha mais argumentos contra a fé que ele defendia, ele me supria de argumentos! Muito mais agudos e destruidores do que os meus. Mas sempre voltava à sua fé, como a criança que joga fora o brinquedo maravilhoso e prefere brincar com a caixa.

— Ele dilacerou a família — disse Estevão, o Inflexível.

— Ele sempre foi um apaixonado pela família, pela casa. Ele só não soube, talvez, expressar este amor. Veja só, o que ele tinha que dizer aos filhos deixou marcado em livros, com santinhos. Isto apesar de ser um homem eloquente, um orador inflamado. Uma vez quase chegamos aos socos numa discussão sobre o pecado original, sobre a Félix Culpa.

— Eu me lembro — disse Estevão, o Cérebro Pega-Mosca.
— Sempre fui fascinado pelo amor que os católicos têm ao pecado. Eles cultivam o pecado, são agradecidos ao pecado. Sem a feliz culpa de Adão, a humanidade não teria se degradado e a Igreja seria desnecessária. Estaríamos livres da história e do tempo, mas não teríamos a liturgia, o doce martírio dos santos e a redenção final.
— Meu pai, nesse ponto, foi extremamente católico. Decidiu amar o pecado pessoalmente.
Assisti, no rosto do dr. Vico, à lenta evolução da perplexidade para a desconfiança e para a certeza. Então eu sabia?
— Você sabe?
— Da outra família? Todos os filhos sabem.
— Foi por isso que você se afastou dele?
Baixei os olhos. Há anos que nenhuma lágrima saía daquelas cavernas, mas eu era precavido. O dr. Vico, sem saber o que dizer, brincou com uma das peças de xadrez sobre a mesa à sua frente.
— Você quer saber como isso começou? — perguntou, finalmente.
— Não.
— Eu conheço a história, eu...
Mas eu não queria ouvir histórias. Não aquela. Interrompi o dr. Vico com um gesto, sorrindo ao mesmo tempo, para não parecer indelicado. Afinal, ele era quase da família, era o padrinho do Tomás.
— Você é mais intransigente do que ele.
— Isso é fácil: ele não é intransigente. Só o que ele faz é transigir. Traiu tudo.
O dr. Vico fez uma cara de sofrimento.
— Traição. Essa palavra...
O traído era eu. O casarão continuava o mesmo, a avenida de casarões, a cidade, tudo. Eu é que subitamente me

sentira um estranho. Minha mãe continuava vivendo com ele como sempre. Eu é que era o ofendido. Meus irmãos comentavam o pecado do velho com divertida tolerância — "E o safado nos fazia confessar até punheta" —, eu é que era o ultrajado. Estevão, o Último Inocente.

Dias antes dessa conversa eu soubera, pelos meus irmãos, de uma história espantosa envolvendo o dr. Vico. Histórias, histórias. Com seus trinta anos, o dr. Vico, que era um homem bonito e solteiro, se apaixonara pela mulher do seu sócio num escritório de advocacia, e o amor fora correspondido. Tinham passado a se encontrar num apartamento que o Vico alugara justamente para encontros amorosos, já que morava com a mãe. Um dia, no entanto, a mulher convidara Vico para dormir na sua casa, pois o marido estava viajando. O Vico sabia que seu sócio estava viajando, mas hesitou, cheio de culpa. O marido, além de seu sócio, era um dos seus melhores amigos. Traí-lo já era terrível, traí-lo na sua própria cama era impensável. Mas Vico, que nas discussões com o meu pai defendia a soberania do homem sobre a sua existência, interpretou seus próprios escrúpulos como uma intromissão indevida, de forças atávicas, na sua liberdade de escolha e escolheu aceitar o convite da amante. Como um gesto de liberdade. Obviamente, quando estavam, Vico e a amante, na cama, em flagrante deleite, chega o marido, que esquecera justamente na sua mesinha de cabeceira um papel importante. Chega, dá com a cena e fica paralisado. Tem um derrame, um acidente cerebral que o deixa para sempre com a mesma cara, de horror e incompreensão diante da traição. Vico e a mulher levam o marido para o hospital. Acompanham a sua recuperação, que é lenta e não é completa. O homem recobra alguns movimentos, mas o seu rosto permanece o mesmo. O horror e a incompreensão. Vico — é o que se conta — convence a mulher de que os dois têm que viver juntos, e o marido junto com eles. Cuidarão dele. Expiarão o seu remorso cuidando dele. Terão sempre aquela cara, aquela máscara de reprovação para lembrá-los da sua culpa, para lembrá-los do que fizeram. Ouvi aquela história com grande dor, embora os meus irmãos dessem gargalhadas. Admirava o dr. Vico, o seu bom humor, a sua amizade de tantos anos com meu pai, a sua inteligência, não podia imaginar que carregasse aquela tragédia na vida, seria verdade? Era. E mais. Diziam que a mulher tinha resistido à insistência de Vico para que o homem ficasse no quarto com eles enquanto faziam amor. Não, aquilo não. Mas Vico insistia. Era preciso. Eles não lavariam a sua culpa se não fizessem assim. Todas as luzes do quarto acesas. Os dois repetindo, na cama, o ato da traição. E o marido sentado numa cadeira do lado da cama, o rosto retorcido pelo horror e a incompreensão. "Aposto que no fundo o velho Vico se excitava com isso", comentou um dos meus irmãos, mas imaginar a cena me enchia de pavor. De certa maneira aquela revelação sobre o dr. Vico completava o desencanto que começara com a visão da jovem mulher saindo do quarto do meu pai e andando na ponta dos pés pelo corredor, e que se acumulara nos anos seguintes e me transformara naquele ser ultrajado que agora pensava, enquanto o dr. Vico sacudia a cabeça e dizia "Traição, traição, não gosto dessa palavra": eu não gosto é do ato, não gosto é do que o tempo fez com os meus heróis. Como acabara a história do Vico? Nem sei se a história é bem assim, posso estar inventando. A mulher teria desistido e fugido. Por algum tempo Vico e o marido teriam vivido juntos, depois Vico o internara. Vico não tinha se casado, isto eu sabia. Eu o imaginava visitando o amigo no hospital. Semanalmente. Encarando aquela máscara todas as semanas. E pensei: eu fiquei na casa não para não abandonar minha mãe ou os meus privilégios de príncipe dos jardins, eu fiquei na casa para que ele visse a sua culpa, diariamente, no meu rosto. Estevão, o Implacável.

O velho Joaquim das Flores dizia:

— Acontece o que tem que acontecer. Ninguém é culpado.

Eu não entendia. Pensava que ele estava falando sobre o pequeno drama da sucessão no seu jardim, plantas morrendo para que outras pudessem nascer. Sem dor, sem histórias. Eu precisava de culpados. Sem o pecado e a retribuição, aquela história não tinha sentido.

Antes de deixar qualquer pessoa entrar na mansão de Vishmaru, Kabal, a mulher-cachorro, propunha um enigma pelo interfone. Sua voz saía fanhosa do alto-falante embutido numa das pilastras do portão de entrada: "Qual é o animal que de manhã anda de quatro, à tarde anda sobre dois pés e ao entardecer sobre três?". Conrad sabia a resposta antiga, era o homem, que na infância engatinhava, na juventude andava altivo sobre suas duas pernas e na velhice usava uma bengala, mas Kabal disse: "Errou". Conrad pensou depressa. "É Vishmaru, o sábio." "Não!" "É Sigmund Freud", arriscou Conrad. "Não!" "Eu desisto. Quem é?" E a resposta de Kabal viera envolta em risadas. "É Priapo!" Ela abriu o portão. Conrad entrou, intrigado. Aparentemente, nenhuma tragédia ocorrera na mansão. O Grego ainda não chegara a Vishmaru. Conrad encontrou Kabal recostada numa imensa poltrona colocada no meio de uma vasta sala nua. Vishmaru não gostava de adornos. O único móvel da grande sala era a poltrona na qual Kabal, com as pernas cobertas por uma pele, sorria para Conrad. Não, Vishmaru não estava em casa. Tinha ido a um encontro, em Londres. Um encontro? Em Londres? Vishmaru não ia a encontros. Os outros é que vinham encontrá-lo, na sua mansão ascética, e sentar-se a seus pés santos.

— Este é um encontro importante — disse Kabal.
Ela estava diferente. Um olhar mortiço. E o sorriso não deixava o seu rosto.

— Com quem? — perguntou Conrad, temendo que o Grego tivesse atraído Vishmaru para uma armadilha. — Ele foi sozinho?

— O motorista o levou. Ele vai dormir na cidade. Não sei com quem era o encontro.

Aquilo era estranho. Mas pelo menos Vishmaru estava vivo. Isso se a ida a Londres não fosse uma armadilha do Grego...

— Ele foi procurado por um grego?
— Por gregos, americanos, japoneses...
— Não. Um grego em especial.

E Conrad descreveu o Grego. Não, não, nenhum grego com cara de assassino aparecera na mansão. Kabal agora estava com a cabeça atirada para trás, e o seu sorriso aumentara. Ela estaria drogada? Mas Vishmaru não admitiria aquilo. De repente ela afastou a pele que cobria suas pernas. Conrad teve um choque.

— Mas... Você não é mais metade cachorro!
Ela deu uma gargalhada.
— Que história é essa de cachorro? Olhe melhor.

E então Conrad viu que não só suas pernas eram de mulher como estavam abertas, e ela estava nua da cintura para baixo, e os seus pelos pubianos formavam a cabeça de uma seta, apontando para baixo, como que para mostrar o caminho ao atônito Conrad.

— Cubra-se — disse Conrad.
— Venha!
— Cubra-se!

E Conrad afastou-se, chocado, transtornado, ainda por cima tonto com a falta de alimento. Foi até o quarto de Vishmaru. Seu mestre, o guardião da sua alma. Ficou por um longo tempo olhando as paredes nuas, a humilde esteira no meio do quarto onde Vishmaru dormia. Era ali que, na sua imaginação conturbada, ele temera encontrar Vishmaru morto, com os sinais do ritual sangrento do Grego espalhados pelo seu corpo e pelas paredes. Felizmente, Vishmaru estava vivo. Mas Vishmaru ainda corria perigo. Ele precisava encontrá-lo em Londres, para protegê-lo. Precisava... Então Conrad sentiu um corpo encostar-se no seu por trás, e os braços de Kabal o enlaçaram, e uma das suas mãos desceu até o seu pênis para acariciá-lo enquanto a outra apresentou, na frente dos seus olhos, um envelope.

— Isto chegou para você hoje — disse Kabal.

Conrad tentou pegar o envelope, mas Kabal o afastou do seu alcance. Conrad tentou virar-se, mas Kabal estava colada às suas costas e girou junto com ele.

— Dou o envelope em troca de uma coisa.

— O quê?

— Isto — disse Kabal, espremendo o pênis que ainda não largara.

— Está bem — resignou-se Conrad.

Kabal começou a puxá-lo para a esteira, mas Conrad resistiu.

— Aqui não. No quarto dele, não!

— Então no meu.

Quando cruzaram a grande sala da mansão, Conrad arrastando os pés de cansaço e fome e Kabal montada nas suas costas, um bando de discípulos passou por eles na direção do quarto de Vishmaru. Ficariam ali em torno da sua esteira, recitando frases das três sabedorias de Vishmaru, até que anoitecesse. Conrad imaginou que se ele e Kabal estivessem trepando na esteira, os discípulos interpretariam a cena como uma das verdades emanantes de Vishmaru e a contemplariam com a mesma devoção. No quarto de Kabal, deitado de costas na grande e mole cama de Kabal, de cuja existência ele nem desconfiava, Conrad recorreu, com algum remorso, aos ensinamentos de Vishmaru para manter uma ereção enquanto sua mente peregrinava, e enquanto Kabal subia e descia no seu pau Conrad chegou a dormir, e sonhou com Lília. Não, o que Lília estaria fazendo num sonho de Conrad? Sonhou com Vishmaru, o bom Vishmaru, sentado ao lado da cama, sorrindo e perguntando: "Está bom, meu filho?". E pensou: pronto, agora traí meu pai.

O envelope tinha apenas o seu nome escrito na frente. Fora entregue no portão aquela tarde. Dentro, um papel dobrado. No papel, uma frase: "Esta noite, aja naturalmente". Depois uma palavra, "Sassur". Depois, a frase: "Às vezes só o que é preciso para desvendar um mistério é olhar para a frente". Finalmente, a frase: "Epifania: a última lição". O maldito Grego com seus jogos. Mas pelo menos desta vez usara uma esferográfica em vez de sangue.

Desta vez, eu nem ouvira o rádio parar. Não ouvira a dona Maria sair. Só parei de bater à máquina quando me dei conta de que mal estava enxergando o papel, precisava acender a luz. Eu queria pedir para a dona Maria trazer o jornal no dia seguinte. Também tomara uma decisão. Ia pedir que ela telefonasse para o meu irmão mais velho. Queria falar com o Tomás. Não sabia exatamente sobre o quê, mas precisava falar com ele. Naquela noite não jantei. Nem entrei na cozinha. Só levantei para mijar e voltei para a cadeira. Histórias, rápido! O tubarão não pode parar. O enterro da Lília. Nenhum parente, ninguém. Só o Macieira. E o padre Pedro. O padre envergonhadíssimo com o caso, o que Deus iria pensar? Uma pobre moça degolada, sem ninguém. O padre Pedro escondendo o rosto nas mãos. O vexame, a vergonha. Ele não passaria nem perto de uma janela da igreja, com medo de que o olho de Deus o visse.

Ou então. Ou então!

O Macieira e Lília num bar. O Macieira tomando um conhaque, com o dedinho levantado.

— Acho que temos o perneta onde o queremos. Ele já está pensando em chamar o irmão! Pobre inocente...

6.

Tomei meu suco de tomate depressa quando ouvi a chave da dona Maria na fechadura. Foi ali, ali.

— Meu irmão tá escarrando sangue.
— Dona Maria, a senhora conhecia o inspetor Macieira?
— Rf — foi a sua resposta.
— Ele é muito conhecido no Jardim do Leste. Falaram nele no rádio, outro dia.

Dona Maria já tinha ligado o rádio.
— Conhece, dona Maria?
— Rf.
— E o padre Pedro?
— Eu, hein?

Desisti e fui para a sala. Toc-toc, toc-toc. Tinha dormido mal. Sonhos estranhos. O sangue escorrendo pelo bueiro. Coloquei a máquina no colo e comecei a bater. Façam seu trabalho sujo, capangas. Escrever à máquina é não deixar vestígios, um perito grafólogo concluiria: "O culpado é a máquina". A única desvantagem da datilografia para o manuscrito é que sobra mais lugar para as entrelinhas, esses corredores de fantasmas e divinações. Mas assim é impossível!

— Dona Maria, abaixa esse rádio!

"Sassur", Conrad sabia, era o nome mágico das nove horas da noite. No trem, voltando para Londres, sentado, prudentemente, entre duas mulheres, Conrad estudava o papel que o Grego lhe deixara. Como o Grego sabia que ele estaria na casa de Vishmaru justamente naquele dia? Deduzira quais seriam os seus movimentos depois de encontrar Ann e a mensagem na sua barriga. Deduzira qual seria a sua dedução, sabia que Conrad concluiria que o próximo passo do sanguinário Grego seria atacar o homem que ele mais admirava no mundo. O Grego conhece a minha mente, pensou. O Macieira pensa que conhece a mente do autor, que pode manejá-la, que pode penetrá-la e espremê-la, mas é uma pretensão ridícula. O que pode um inspetorzinho com pé de bode contra a mente de um homem que lê Joyce no original, que lê Conrad? Não você, Conrad. O outro. Você continua no trem, sentado, prudentemente, entre duas mulheres, estudando a mensagem críptica do Grego. "Esta noite, aja naturalmente." Onde? Quando? Às nove horas, certo. Mas em que circunstância ele deve agir naturalmente? Ele deve fazer o que naturalmente faz toda vez que chega a Londres, será isso? Deixa ver. Procurar Priscila, uma das duas únicas bailarinas acrobáticas da Inglaterra com um diploma de Oxford. Mas isso é outra história. Jantar no Oyster Cloister, onde todos os garçons são ex-padres que servem as mesas de hábito, mas sem a parte de trás, e não usam roupa de baixo. A única casa de Londres em que, além de comer grandes ostras, você pode beliscar a bunda de um padre. A editora não vai gostar. O Slings and Arrows, o único pub de Londres com gelo redondo. Sim, era onde ele ia todas as noites. Agir naturalmente, em Londres, para Conrad, era ir ao Slings and Arrows. Estarei lá às nove da noite, e é melhor você estar também, Grego. Ou pelo menos o resto da mensagem, as últimas instruções para o nosso encontro em Delfos, o umbigo do mundo.

— Posso lhe contar uma história?

Era a mulher do lado esquerdo de Conrad. Ela tinha uma voz grossa e a sua mão sobre o joelho de Conrad era grande e apertara com força.

— Não — respondeu Conrad, mas ela fez que não ouviu e começou a contar sua história.

— Com meus quinze ou dezesseis anos, entrei para um clube de xadrez, em Manchester...

Ela jogava bem, mas não melhor do que a maioria dos outros membros do clube. Um dia chegou a Manchester o grande campeão romeno Piotr Paterfamilias, que havia dezessete anos não perdia um jogo. O campeão foi convidado a visitar o clube, onde jogaria uma simultânea com todos os sócios. A imprensa estava lá, uma multidão, e Piotr Paterfamilias derrotou a todos com facilidade. A todos, menos um.

— Eu.

Ela derrotara o romeno. Pela primeira vez em dezessete anos, o grande Piotr Paterfamilias, que todos julgavam ter descoberto a maneira perfeita de jogar o xadrez, fora derrotado. E por um adolescente num obscuro clube de xadrez em Manchester. Naquela noite, o adolescente já era uma celebridade nacional. E, no dia seguinte, nova sensação: Piotr Paterfamilias anunciava aos jornais que seu vencedor do dia anterior era na verdade seu filho! Reconhecera o seu rosto, os seus olhos, um pai não se engana. E lembrara que, quinze ou dezesseis anos antes, estivera em Manchester e conhecera, no sentido bíblico, uma mulher. Uma amante do xadrez que pedira para ser fecundada pelo mestre. Os pais do adolescente reagiram. Aquilo era uma mentira! O jovem era filho deles, a mãe jamais conhecera o romeno, nem era tão louca assim por xadrez. Mas Paterfamilias insistiu. Disse que compreendia que a mulher quisesse esconder o fato, respeitava a sua posição, mas queria o seu filho, queria-o ao seu lado, inclusive para orientar sua carreira no xadrez. Pois o menino era obviamente um gênio, como o pai.

— Menino? — estranhou Conrad. — Mas você é uma...

— Eu sou homem — cochichou a mulher. — Há anos que me visto de mulher, para escapar de Paterfamilias. Ele continua me perseguindo. Lutou nos tribunais para provar que era meu pai. Subornou laboratoristas para darem atestados falsos provando que o nosso sangue era o mesmo. Envolveu a diplomacia do seu país no caso. Pagou páginas inteiras nos jornais. Tentou me sequestrar várias vezes. Minha mãe provou que nem morava em Manchester na época em que ele diz que a engravidou e, mesmo, ficou provado que ele nunca estivera em Manchester antes. As cortes decidiram contra ele, mas mesmo assim ele persistiu. Aquilo tornou-se a obsessão da sua vida. Ele abandonou o xadrez, perdeu todo o dinheiro que tinha lutando para provar que eu era seu filho e só por isso o derrotara naquela tarde. Quando não tinha mais o que fazer, legalmente, começou a me perseguir. Eu lhe ofereci uma revanche. Ele recusou. Propus declarar à imprensa que naquela tarde eu roubara, desfizera um lance dele enquanto ele jogava com outros, trapaceara. Recusou. Ele infernizou a minha vida. Não pude estudar. Não pude trabalhar, casar, ter uma vida normal. Não pude mais nem jogar xadrez. Finalmente decidi simplesmente mudar de identidade. Simulei um suicídio, fiz uma plástica e passei a viver como mulher. Ele não acreditou no meu suicídio. Ainda está à minha procura. Enlouqueceu. Hoje vive pelas ruas, olhando a cara de todos que passam, dizendo "Meu filho, meu filho...".

Ela suspirou, depois sacudiu a cabeça e disse:
— Homens!
A mulher à direita de Conrad, que esperara pacientemente a sua vez, disse:
— Posso lhe fazer uma pergunta?
— Não.
— Quando eu era bem mocinha, tive uma aventura amorosa e fiquei grávida. Como meus pais eram muito severos e eu não tinha ninguém para me orientar, fiz eu mesma um aborto. Joguei o embrião na privada e puxei a descarga. Meus pais nunca ficaram sabendo, eu nunca contei a história a ninguém. Depois tive uma vida normal, casei, nem vou dizer o nome do meu marido, pois o senhor certamente o conhece, tive filhos, hoje estou muito bem de vida. Aliás, neste momento estou vindo da casa da minha velha mãe, noventa anos e ainda toca acordeom como uma garotinha, mas isso é outra história. Ultimamente, no entanto, passei a ter sonhos esquisitos. Sonho com o embrião que mandei para o esgoto. Meu primeiro filho. Sonho que ele sobreviveu, que cresceu nos esgotos, alimentando-se Deus sabe de quê, mamando em ratazanas, o senhor sabe como é o impulso vital, ainda mais na nossa família. Passei a ter fantasias, também. Não podia mais chegar perto de privadas, com medo de que alguma coisa me puxasse para baixo, para os esgotos. O senhor pode imaginar como essa fobia afetou a minha vida e a minha higiene pessoal. Finalmente, decidi procurar um psicanalista. Na primeira sessão, contei do meu aborto. Ele foi a primeira pessoa do mundo que soube da história. Depois contei dos meus sonhos, dos sonhos do embrião crescendo no esgoto, tornando-se um bebê, depois uma criança... E então vi que o psicanalista tinha lágrimas nos olhos. E ele me contou que aquele embrião era ele! Sim, tinha se criado num esgoto e mamado em ratazanas. Tinha quinze ou dezesseis

anos quando, pela primeira vez, abriu um bueiro e decidiu investigar o mundo aqui fora. Foi a primeira vez na sua vida que comeu qualquer coisa que não fosse dejeto. Com muito custo conseguiu se adaptar à vida na superfície. Estudou à noite enquanto trabalhava e, com imensos sacrifícios, conseguiu um diploma de psicanalista e uma ótima reputação no meio, pois seu nome me tinha sido muito recomendado. Aliás, depois da primeira sessão ele já disse qual era meu problema: um grande sentimento de culpa pelo meu pecado juvenil, nunca revelado. Fiquei muito orgulhosa, como mãe. Agora, minha pergunta é a seguinte. Devo continuar meu tratamento com ele, ou o fato de ele ser meu filho, rejeitado ainda em embrião, vai afetar o nosso relacionamento e impedir que ele me trate com objetivismo clínico? Sim, porque...

Foi nesse ponto que eu ouvi o nome da minha família no rádio.

No infernal rádio da dona Maria, no interminável programa que a dona Maria ouvia o dia inteiro. Aparentemente surgira um problema para a construção da capelinha em memória da Valdeluz, pois o terreno atrás do casebre da dona Valdecina, como a maior parte dos terrenos no Jardim do Leste, pertencia à nossa família, a prefeitura não tinha a última palavra. A maior parte dos terrenos do Jardim do Leste pertencia à nossa família! Eu não sabia. Muito dinheiro continuava chegando para as obras da capelinha. O próprio assassino, Dori, se comprometera a erguer o monumento, junto com outros detentos. O Jardim do Leste estava mobilizado, faltava só resolver aquela questão do terreno. Mas dona Valdecina não devia se desesperar, pois Deus não abandona as suas criaturas.

O médico dissera a meu pai que ele tinha que escolher, ou um bom charuto ou a vida, e ele respondera que a escolha era impossível, porque um bom charuto é a vida. Ele mesmo repetira a frase na mesa do almoço, sem muito sucesso. É que a sua plateia estava reduzida. A minha mãe, silenciosa como sempre, o Francisco, de ressaca como sempre, e eu, o traído. No fim daquela tarde eu o encontrei na poltrona de couro rachado da biblioteca com o charuto aceso na boca. Mas estava encurvado para a frente, com o charuto apontando para o chão.

— O senhor está sentindo alguma coisa?

Estevão seco, perguntando só por obrigação filial. Afinal, não era um monstro.

Ele fez que não com a cabeça e encostou-se no respaldo da poltrona. Caiu cinza do charuto na frente da sua camisa. Ele me olhou então, e era o olhar de um homem prostrado que espera um golpe. Pensei em alguma coisa para dizer, alguma coisa que não fosse uma acusação.

— Já encontrei cinco santinhos. Faltam dois.

— O quê?

— Os santinhos que o senhor colocou nos livros, quando cada filho nasceu. Já encontrei cinco. Faltam o meu e o do Tomás.

Ele fez que sim com a cabeça. Depois disse:

— Eu mudei.

— Mudou?

— Os santinhos. O seu e o do Tomás. Botei em outros livros. Há poucos dias.

— Então o senhor se lembrava onde eles estavam?

— Claro.

Um pensamento iluminou o seu rosto por um instante e ele me examinou, como se tentasse decidir alguma coisa, antes de dizer:

— O Tomás nunca vai encontrar o dele. A única vez que ele entrou nesta biblioteca foi para esbarrar numa mesa e quebrar um vaso. Ele tinha sete anos. Você se lembra? Claro que não. Você ainda não era nascido.

Eu sorri. Afinal, não era um monstro.

— Por que você não leva o livro para o Tomás? — perguntou.

— Eu não sei onde o Tomás está.

— Sabe.

— Não sei, pai.

— Está bem. Mas quando souber, entregue o livro a ele. Diga para ele procurar a parte marcada com um santinho. Com o santo dele. Será uma mensagem do seu pai.

Aquela era a conversa mais longa que tínhamos tido nos últimos cinco anos. De alguma maneira, eu não queria que ela acabasse.

— Em que livro está o meu santinho?

— Você vai encontrar, um dia. Tem tempo.

Ele se levantou da poltrona e dirigiu-se para uma das estantes.

— Por que o senhor trocou de livros? — perguntei.

Ele fez um gesto vago com as mãos. Estava de costas para mim, inclinado para trás, tentando localizar alguma coisa numa prateleira alta.

— Muita coisa aconteceu.

— Nós não fomos os filhos que o senhor esperava.

— Ou eu não fui o pai que eu esperava.

Não. Autocrítica! Aquilo era milagroso. Mais um pouco e teríamos todas as nossas culpas despejadas no tapete. Como pescadores em torno da safra do dia. Aquela arraia é minha. Aqueles caranguejos são meus...

Ele fez eu me aproximar com um aceno e apontou um livro numa prateleira de cima.

— Pega aquele lá, com a escada.
Subi na escada e peguei o livro. Um volume fino, encadernado. O título era *Apocrifia*. Desci a escada e entreguei o livro ao meu pai. Ele me entregou de volta.
— Leve para o Tomás.
— Eu não sei onde ele está.
— Descubra onde ele está — disse o velho ator. — Você sabe como isto é importante.

No interminável programa da dona Maria, interromperam a transmissão do auditório para uma reportagem externa. E atenção: o foragido Candiota dos Santos, o Candó, que há dias matou com facão o seu filho Zarolho, foi abatido a tiros há poucos minutos pelo inspetor Macieira da 12ª DP. Estamos aqui com o inspetor Macieira, que nos dirá o que aconteceu.
— Ele prometeu se entregar a mim e nós tínhamos marcado um encontro aqui. Como é que vocês sabiam que era aqui?
A reportagem seguira o inspetor Macieira. A reportagem sempre seguia os passos do famoso inspetor Macieira no Jardim do Leste.
— Não sei se ele se assustou com a presença de vocês. O fato é que avançou em mim de facão. Olha aqui, pegou de raspão.
O inspetor Macieira está sangrando, mas não parece ser coisa séria.
— Fui obrigado a atirar.
Candó morreu com um tiro no olho.
— Eu não queria matar o Candó. Ele era meu compadre. Mas olha aí.
O inspetor Macieira está sangrando muito. Vai ser levado agora para o hospital. Já tem muita gente aqui rodeando o

corpo do Candó. Padre Pedro, o senhor teria alguma coisa a dizer aos nossos ouvintes?

— Que vergonha, que vergonha!

O senhor tem alguma coisa no olho, padre Pedro!

— É o meu olho branco. Não sei o que há com ele.

Conrad tinha um pequeno apartamento em Londres. O andar superior de uma casa estreita em Mayfair. Ele também alugava parte do porão, que mandara isolar para praticar tiro ao alvo. Era em Londres que mantinha as suas armas. Escolheu uma Beretta e colocou junto com as outras coisas — lenço, carteira, chaveiro — em cima da cama, enquanto tomava banho. Debaixo do chuveiro, Conrad examinou o que estava sentindo. Remorso, sim, pelo que fizera com Kabal, a ex-mulher-cachorro, companheira de Vishmaru, mas não havia como resistir. E ele pensara em Vishmaru o tempo todo, fazendo a penitência junto com o ato. Cansaço, pois cruzara e recruzara o Atlântico em quarenta e oito horas. E o que mais? Fome. Claro. Há quantas horas não comia? Mas o sentimento que dominava Conrad era um sentimento novo. De antecipação, ao mesmo tempo de temor e euforia. Ele sabia que alguma coisa iria se romper na sua vida, que alguma revelação era iminente. E que alguma coisa estava acabando também. Não era mais o velho Conrad. Seria aquela sensação que o impedira de matar o Grego? A sombra que passara pelo seu rosto quando tinha a arma apontada para a cabeça do Grego, o sentimento que detivera seu dedo no gatilho — alguma coisa percebida ou alguma coisa lembrada? — talvez fosse a premonição de que se acabasse com o Grego ali, se o matasse como um animal, estaria se privando desta revelação, estaria sabotando o seu próprio destino. O Grego precisava viver para que Conrad finalmente se entendesse. A editora não vai gostar. O que eu penso que estou fazendo, uma história de quarta categoria? Conrad saiu do banho, vestiu-se e colocou a Beretta na cintura, atrás, por baixo do blazer.

Eu sabia onde Tomás estava. No dia seguinte saí, ingenuamente, com o livro embaixo do braço. Para alguém que estivesse me seguindo, aquele seria o sinal. Se ele estiver com o livro é porque vai ao encontro do irmão. Mas por que ele levaria o livro ao irmão, que importância tem esse livro? É porque é tudo sobre pais e filhos, entende? É uma coisa antiga, um ritual, um encargo solene: o filho mais moço levando ao primogênito uma mensagem de paz do pai. Eu levava o encargo tão a sério que nem abri o livro para procurar a passagem marcada pelo meu pai, o trecho que ele queria que Tomás lesse. Eu era apenas o intermediário. E lá vai ele, Estevão, o Último Inocente, com o livro embaixo do braço, na sua missão sagrada. Homens!

O Slings and Arrows ficava no Soho. Os dois irlandeses que atendiam atrás do bar se chamavam Ortega e Gasset e receberam Conrad efusivamente.

— Gelo redondo para o marinheiro!

Conrad olhou em volta. Nenhum sinal do Grego. Encostou-se no balcão, mas mudou de lugar depressa quando notou que tinha ficado entre um homem e uma mulher. Ortega colocou o copo com Glenlivet e gelo redondo na sua frente. O bilhete do Grego dissera que muitas vezes, para desvendar um mistério, bastava olhar para a frente. Conrad olhou para a frente. Examinou as fileiras de garrafas atrás do bar, os pôsteres, as coisas escritas nos espelhos, a lista de pratos no quadro-negro.

Onde estava a mensagem? Gasset postou-se à sua frente. Nada na cara de Gasset também. Que horas eram? Seu relógio estava adiantado. Marcava a hora em Delfos.

— Que horas são?
— Dez para as nove.

Onde estava a mensagem?

— Onde você tem estado, marinheiro?
— Pelo mundo.
— Essa cicatriz na sua testa é nova.
— Você conhece o mundo...
— É. Um lugar muito mal frequentado.

Conrad afastou-se do balcão. Andou pelo pub, olhando as pessoas, olhando os quadros, lendo tudo que estava escrito, procurando a mensagem. Talvez tivesse interpretado mal o bilhete do Grego e estivesse no lugar errado. Avistou Martin, da Interpol. Ele era francês, pronunciava-se Martã, como o conhaque. Martin levantou seu copo numa saudação. Depois fez uma cara triste.

— Soube do Hennessy. Duro.

Conrad fez um gesto, querendo dizer o que se vai fazer? Continuou perambulando. Perguntou as horas a um homem de grandes bigodes que tirou um relógio do bolso.

— Cinco para as nove. Sabe, este relógio tem uma história interessante...

Mas Conrad afastou-se. Não queria ouvir mais histórias. Onde estava a mensagem? O Grego entraria pela porta às nove em ponto? Ou mandaria alguém? De repente, Conrad lembrou-se de uma coisa. Bem em frente ao Slings and Arrows, do outro lado da rua, tinha um restaurante grego. Como era o nome do maldito restaurante? Saiu porta afora, carregando seu copo. Ali estava o restaurante. Bem em frente. Seu nome era Omphalos.

Tomás e mais dois ou três do seu grupo estavam na nossa casa da praia. Eu não sabia exatamente o que eles tinham feito, não entendia de política, mas o dr. Vico um dia me dissera: "O Tomás devia cair fora desse negócio", como se eu soubesse qual era o negócio, "a coisa está endurecendo". Meu pai fazia reuniões no casarão, gente do laicado mais outros que eu não conhecia, e alguns que eu conhecia, de ver na televisão, mas que nunca vira na nossa casa antes. Eu não perguntava aos meus irmãos o que estava acontecendo, não queria saber. O Francisco é que me contara: "O Tomás está na casa da praia", e eu achara aquilo perigoso, a casa da praia era um esconderijo óbvio, meu herói seria descoberto. "Até agora ninguém pensou em procurar lá...", disse Francisco. E lá vai Estevão, com o livro embaixo do braço, em direção à casa da praia. Quando cheguei, a casa parecia deserta, mas vi que tinha alguém espiando por trás das venezianas fechadas. Me identifiquei. Disse que queria falar com Tomás, ele falaria comigo. Uma porta se abriu e apareceu um homem com cara de índio, de cabelos compridos, vestindo uma japona grossa, que apontou e disse: "Ele está caminhando na praia. Pra lá". Deixei o carro junto à casa e comecei a caminhar pela praia. Avistei a figura de Tomás, ao longe. Ele caminhava na minha direção. Abanei. Ele não respondeu ao abano, ainda não tinha me identificado. Continuamos caminhando, um na direção do outro, até que ele me reconheceu, e abanou alegremente, e apertou o passo, e correu os últimos vinte metros. Nos abraçamos na frente do mar.

— Estevão! Que bom que você veio!

7.

Conrad entrou no Omphalos. O restaurante era pequeno, a iluminação era azul. O maître aproximou-se com um grande sorriso azul e perguntou se ele tinha reserva.

— Não sei — disse Conrad.
— Seu nome é...
— Conrad James, desta vez.

O maître consultou seu caderno.

— Ah, sim. Mr. James, às nove horas. Mesa para dois. Seu amigo está no bar.
— Meu amigo?
— Por aqui.

O Grego estendeu a mão, mas Conrad não a apertou. O Grego estendeu a outra mão também e afastou os braços do corpo, para que Conrad o revistasse.

— De que adianta? — disse Conrad. — Eu sei que você tem a faca em algum lugar.

O Grego estava sorrindo. O animal estava sorrindo.

— Eu nunca ataquei você, Conrad. Sempre me defendi dos seus ataques.

— Mas eu tenho todas as cicatrizes.

— Glenlivet, certo?

— Só se eles tiverem gelo redondo.

— Mandei buscar no pub. Têm.

O Grego fez o pedido. Ele não estava bebendo.

— Fico lhe devendo isso. Além das cicatrizes. E dos dez mil dólares.

— E de uma tarde com Linda, no seu camarote. Ou foi no dela? Esse detalhe ela não me contou.

— Tudo correu de acordo com os seus planos.

— Eu só não previa que Linda se apaixonaria por você. Você causou uma forte impressão, Conrad.

— Acho que foi o contraste. Ao contrário de você, eu não uso faca nas...

Conrad calou-se. O ventre riscado de Ann lhe viera à mente e ele teve que se conter para não saltar sobre o Grego. Não agora. O momento chegaria. Mas não agora.

— Você já esbofeteou duas ou três, Conrad. Verdade?

O Grego tinha um rosto magro, com as maçãs salientes. Sua idade era indefinível. O cabelo, cortado rente ao crânio, era cinzento, não era grisalho. Agora estava azul.

— Você sabe que eu vim para matá-lo — disse Conrad.

— Não, Conrad. Você veio para ser morto.

— Um de nós, então.

— Não, Conrad. Você. Eu já escolhi.

— Pensei que você não escolhesse. Que você apenas fizesse o que é necessário.

— Exato. E é necessário que você morra.

— Você já podia ter me matado.

— Ah, mas não antes da última lição. O catecismo, lembra?

— Qual é o seu jogo? O que você quer?

— Mas não está claro? Eu quero matá-lo. Toda esta história é para um único fim. O seu.

— Desde o começo?

— Desde o começo. Tive que matar uns três antes de chamar a sua atenção. Foram as frases na parede, não foram? Você sempre gostou desses toques. Eu sabia que você estava em Nova York e comecei a matar pessoas para despertar o seu interesse, atiçar a sua compulsão de se meter onde não é chamado.

— Como você sabia que eu estava em Nova York?

— Hennessy. Ele sempre me contou tudo sobre você. A última informação que me deu foi o endereço de Ann, da doce Ann. Só que ele não sabia que ia ser a última informação.

— Hennessy era seu amigo?

— Digamos que tínhamos interesses em comum.

— Então por que você o matou?

— Ele tinha se tornado inconveniente. E eu queria deixar uma mensagem para você.

— Anangke.

— Anangke. Por sinal, sabe qual é o seu apelido na Interpol? Popeye.

Conrad terminou seu uísque. O momento chegaria. Não agora.

— Aquela mulher — disse Conrad — no Jardim Paraíso...

— Onde?

— Nada. Isso é outra história. Aquela primeira mulher. A primeira vez que você escreveu coisas na parede. Foi para me provocar?

— Bem, misturei negócios e prazer. Ela precisava morrer, mas achei que era um bom momento para começar a despertar a sua curiosidade. Você não se interessa por crimes menores, não é, Conrad? Você precisa se defrontar com o Mal. Sempre com maiúscula.

O Grego continuou:

— Satisfiz o seu desejo. Ali estava um inimigo à sua altura, uma manifestação inquestionável do Mal — e o Grego enfatizava comicamente o "Mal" — do qual você precisava livrar a cidade, para que a cidade se regenerasse e você a deixasse no fim da história. Mas sabe o que aconteceu com o paladino nos tempos modernos, Conrad? Ele não consegue mais sair da cidade. Porque a cidade não tem fim. Ele pensa que está desaparecendo no horizonte, mas continua dentro da cidade, as cidades vão até o horizonte. Outro Glenlivet?

— Depende. Nós vamos nos matar em breve ou esta conversa ainda continua? Não quero desperdiçar bom uísque.

— Vamos jantar. Nossa mesa está esperando. E você deve estar louco de fome!

O Grego chamou o maître.

— Dimitri. Podemos descer?

A mesa dos dois era na parte de baixo do restaurante. Um salão do mesmo tamanho da parte de cima, só que a iluminação era vermelha. E só havia homens em volta das mesas.

— Veja quem está lá — disse o Grego.

E Conrad olhou, e viu, numa mesa do fundo, Vishmaru, sorrindo bondosamente, com as mãos no colo, ligeiramente encurvado, ouvindo atentamente o que diziam seus companheiros de mesa, um homem careca, de bigode, com aspecto latino-americano, e Mabrik, o comerciante de armas. Conrad ficou olhando para o trio insólito, sem saber o que pensar, até que o Grego o empurrasse discretamente para a mesa que os esperava. Dimitri lhes deu os cardápios, mas Conrad não conseguia tirar os olhos de Vishmaru.

— O que ele está fazendo aqui?

— Tratando de negócios. Mabrik você conhece. O outro é García Márquez, um colombiano. Não o escritor, claro. Esse é o maior traficante de cocaína do mundo.

Conrad atônito. Conrad de novo sem entranhas. Que possível negócio poderia reunir o bom e sábio Vishmaru, seu pai espiritual, e aqueles dois?

— Olhe à sua volta, Conrad.

Conrad olhou. Todas as mesas estavam ocupadas por homens. Não havia nada de especial neles. Conversavam discretamente. Na maioria eram homens com mais de quarenta anos, bem-vestidos. Executivos, profissionais liberais, talvez alguns do mundo dos espetáculos. O Grego continuou:

— Se tentássemos matar um ao outro agora, antes de comer, o que seria uma lástima, já que a comida aqui não é autêntica mas é boa, você com a Beretta que tem na cintura e eu com a faca que tenho escondida em algum lugar, estes homens se escandalizariam. Alguns talvez até desmaiassem se vissem sangue. Protestariam veementemente com o dono do restaurante e com as autoridades. Mas tem gente aqui que é responsável por mais mortes que você e eu juntos, Conrad. Com duas ou três exceções, todos aqui estão metidos no negócio de drogas ou armas. Os negócios que fazem o mundo girar. Com dez por cento do que estes homens faturam anualmente daria para resolver a fome no mundo, Conrad. Mas, por favor, antes de puxar sua Beretta e começar a atirar em todos, olhe para eles e me diga se algum parece representar o seu Mal com maiúscula. Você pode imaginar um deles enfiando a faca em alguém, depois usando o sangue para espalhar grafitos sangrentos nas paredes? Ou riscando uma palavra com a ponta da faca na barriga de alguém?

— Não quero falar disso.

— Omphalos, Conrad. Aqui é o umbigo do mundo. Você pensou em Delfos, confesse. Delfos, onde as divindades da pré-história, as monstruosas serpentes da mãe-terra, foram derrotadas para que nascesse Apolo e a história mística dos homens. O marco divisório entre a idade do caos e a idade dos deuses, Delfos, onde... Ah, Dimitri. O cordeiro?

— De confiança.
— Você viu a cara dele?
— Vi. Parecia ser de boa família.
— Uma cara honesta?
— Sim.
— Nem um pensamento mau?
— Nenhum.
— Pode trazer. Conrad?
— Qualquer coisa.

A fome desaparecera. Conrad olhava para Vishmaru. O velho estava sacudindo a cabeça, com o mesmo sorriso beatificado, as mãos no colo. O manto branco, tingido de vermelho pela luz do restaurante, deixava aparecer os braços muito finos. Conrad precisava tirá-lo dali. Ele não sabia onde estava metido.

— O cordeiro para ele também — disse o Grego para o maître, indicando Conrad. — Quanto mais inocente, melhor.

— Eu vou até lá — disse Conrad, começando a se levantar.

O Grego o segurou pelo pulso. O Grego tinha as mãos finas e os dedos longos e delicados, mas Conrad conhecia a sua força.

— Espere. Vamos comer primeiro. Depois iremos até lá. Ele sabe que você está aqui.

— Vishmaru?

— Foi ele que proporcionou este nosso encontro.

Conrad zonzo. A falta de comida. O uísque. A luz vermelha.

— Como?

— Depois, depois.

Um garçom trouxera um prato de berinjelas marinadas. Oferta da casa.

— Prove — disse o Grego. — Você não come há muitas horas.

Conrad enojado. Descobrindo que não podia comer mais nada, nunca mais. Que aquele ato de colocar coisas na boca e mastigá-las até que se transformassem numa papa, e engolir a papa, que cairia num saco membranoso onde seria banhada em líquidos quentes e pegajosos era uma coisa repulsiva, o estômago lhe virava o estômago, o mundo era revoltante, a vida era revoltante... Como se estivesse lendo os seus pensamentos, o Grego disse:

— Que revolução, não é, Conrad? Coisas vivas comendo coisas mortas. Às vezes nem esperando que elas morram. Olhe!

E o Grego apontou com o queixo para uma mesa vizinha onde um homem, com a cabeça para trás, introduzia lentamente na boca o pequeno tentáculo de um animal que ainda se retorcia, como que se debatendo contra o destino.

— É a vida, Conrad. Aceite-a. Você conhece a história do...
— Por favor, histórias não.
— Esta você vai gostar. A história do homem que não aguentava o sofrimento humano, que queria se distanciar do mundo e do feio espetáculo da vida, e pôs mil homens a trabalhar noite e dia, sem pão nem água, abaixo de chicote, para construir uma plataforma que o elevasse aos céus, onde ele respiraria ar puro e estaria longe da injustiça dos homens?
— O que você quer, Grego?
— Eu já disse. Quero...
— Me matar, eu sei. Mas por que este jogo? As pistas sangrentas para me atrair até aqui. Este porão maldito, estas histórias?

O Grego olhou em volta.

— Conrad, por favor. Você está sendo conspícuo.

E realmente, algumas cabeças tinham se virado e alguns rostos mostrado reprovação com a voz alterada de Conrad. Conrad baixou a voz.

— Por que você não me matou antes? Por que tudo isto?

— Porque você não podia morrer inocente, Conrad. Eu não quero que você morra como mártir, quero que morra como testemunha. Quero lhe dar uma educação. E, no fim, a morte, como um diploma.

— Você me odeia. Por quê?

— Não! Será possível que eu fiz tanto esforço, gastei tanto sangue alheio, sujei tanta parede, para nada? Não existem culpados, Conrad. O terrível no mundo é sua terrível inocência, a sua inocência reincidente. É o tempo nos matando sem remorso, sem desculpas, sem nem reconhecer seu crime. Por necessidade cega. Nada pessoal. Por isto o ritual. O ritual é a imitação dos ciclos reincidentes da vida, mas com um ingrediente a mais: o significado. O que para o mundo é rotina para nós é drama. Crime, culpa, expiação, salvação.

— Mas o ritual também é reincidente. Tudo recomeça.

— Bravo, Conrad. Você não vai morrer como um cordeiro, afinal. O ritual, ao mesmo tempo que nos conforta com significados, também reitera a gratuidade do drama que no fim não significa nada, pois tudo recomeça. Mas dá outra lição também, a principal: que é preciso ir até o fim. Não importa se o que você busca no fim é a salvação da sua alma ou a confirmação de que nada significa nada, é preciso ir até o fim. E não fazer como você.

— O que que eu fiz?

— Você ficou no meio do caminho, Conrad. Num idílico mundo juvenil de fantasias, de aventuras de quinta categoria, sempre as mesmas. Esqueceu o seu começo e não quer reconhecer o seu fim. Esqueceu o seu primeiro crime, que foi abrir caminho, rasgando a carne da sua mãe, para sair do ventre e entrar no mundo, e pensa que pode viver numa eterna adolescência, imune ao tempo e à degradação. Como o Popeye. Muda o desenhista mas não muda o personagem. O desenhista morre mas o personagem vive, na sua eterna inocência.

— Mas então eu estou certo. Se a realidade é inocente, então eu sou o supremo realista. Vivo no meu próprio cérebro, onde o passado e o presente se intercalam, onde só existem histórias e tudo se iguala porque tudo vira fantasia. Vivo no jardim do Éden antes da queda, antes do pecado.

— Mas você não é um personagem, Conrad. Você não está imune ao tempo, por mais que seu cérebro queira convencê-lo do contrário. Resultado: você é um adolescente de quarenta anos. O mundo é inocente porque não tem a consciência dos seus crimes. Você não pode se dar a este luxo, Conrad. Você tem uma consciência, veio incluída no pacote. Eu sou inocente como o mundo porque sei exatamente o que eu fiz e não tenho culpa. Pratico os meus crimes pela mesma razão que o mundo pratica os seus, porque são necessários. Veja, Conrad. É tudo metabolismo.

Ele fez um gesto que englobava todo o porão vermelho e seus ocupantes.

— Coisas vivas comem coisas mortas, ou semivivas, e as metabolizam para viver. O que sobra é lixo, é excremento. Isto tudo seria de muito mau gosto se houvesse uma alternativa. Mas não há, é assim que nós somos feitos. Estes senhores à nossa volta suprem as fomes do mundo. Partes do mundo têm fome de armas para acertarem as suas diferenças, e eles as fornecem. Outras partes do mundo têm fome de drogas para o êxtase ou o esquecimento, e eles as fornecem. As armas e as drogas são metabolizadas, e o que sobra são cadáveres. O lixo, o excremento. Isto não é moral ou imoral, é o mundo. Ele está literalmente cagando para o seu julgamento, Conrad. Outra das fomes do mundo é pela espiritualidade, pela expiação e a salvação e um antídoto para o singelo fato de que a gente envelhece e morre. E Vishmaru a fornece. Os líderes espirituais são gigolôs da finitude humana.

— Mas a espiritualidade não tem lixo.

— Tem, Conrad. Estou falando com um espécime. Você acaba de saber que o seu pai espiritual é um homem como os outros, com as mesmas fraquezas e cobiças, e você está se sentindo como merda. Exatamente como eu me senti quando descobri que meu pai era dono de um bordel de garotos em Alexandria. Mas isso é outra história.

— Sobre o que Vishmaru e aqueles dois estão conversando?

— Higiene.

— Higiene?

— A lavagem de dinheiro. De como a organização internacional de Vishmaru, com seus súditos e investimentos em diversos países, pode ajudar a lavar o dinheiro que Mabrik e García Márquez ganham ilicitamente. Aliás, um dos tópicos da conversa é você.

— Eu?

O garçom serviu os dois pratos de cordeiro, cujo aroma quente de ervas finas quase fez Conrad vomitar. Os dois queriam um vinho? O Grego não bebia, pediu água mineral. Conrad não quis nada. Nunca mais botaria nada na boca, se pudesse evitar.

— Eles estão falando sobre mim?

— De passagem, Conrad. Não seja vaidoso. Coma. Minha mãe dizia: "Morra de barriga cheia e faça pelo menos alguns vermes felizes".

— Falando o quê?

— Que você não continuará servindo Vishmaru, como pistoleiro.

— Eu, servindo Vishmaru?

— Você nunca soube, não é? Perto da sua inocência, este cordeiro era um sultão depravado. Muitas das pessoas que você matou, no seu implacável combate ao Mal com maiúscula, matou por sutil instigação de Vishmaru, que as queria fora do caminho.

— Isso é mentira!

Outra vez, rostos virados e ruídos de reprovação. O Grego fez um gesto com a mão para que Conrad baixasse a voz.

— É verdade. Você foi usado. Nunca a frase "inocente útil" foi tão apropriada. Aliás...

Conrad levantou-se, virando a mesa. Vários homens levantaram-se à sua volta, apreensivos. O que estava acontecendo?

— Conrad, espere!

Mas Conrad já se dirigia para a mesa de Vishmaru. Estava tonto de desnutrição e indignação, mas estava lúcido. Derrubou mais algumas mesas no caminho. Um garçom tentou detê-lo, mas foi derrubado com um soco e derrubou mais uma mesa na sua queda. Vishmaru estava de braços abertos para saudar Conrad com sua voz feminina.

— Meu filho!

Conrad ficou de pé ao lado da mesa, encarando Vishmaru, que não parava de sorrir candidamente.

— Sente-se — disse Mabrik.

Dimitri estava ao lado de Conrad.

— Cavalheiro, por favor...

— Tudo bem, Dimitri — disse Mabrik. — Ele está conosco. Eu pagarei pelos estragos.

Conrad sentou-se. As outras mesas aos poucos se recompunham, com os homens murmurando e ouvindo as desculpas de Dimitri: "Cavalheiros, mil perdões, mil perdões", e os garçons juntando pratos, copos e comida do chão. Alguém disse: "Onde é que estamos?", mas o incidente foi absorvido.

— Como vai, Mabrik?

— Bem, bem. Você está horrível.

— Como está Nicole?

— Bem.

— Sua mãe?

— Não quero falar disso.

Conrad deduziu que a mãe de Mabrik tinha morrido durante o sono, provavelmente envenenada por Nicole.

— E você, meu filho? — perguntou Vishmaru. — Está tão desfigurado...

— Foi um dia estafante. Um dia de revelações.

Conrad se deu conta de que estava sentado de costas para o salão. Onde estaria o Grego? Não era saudável ficar de costas para o Grego numa noite de decisões.

— Quem é este? — perguntou o colombiano, irritado porque ninguém se lembrara dele.

— Desculpe — disse Mabrik. — Este é Conrad James, de quem estávamos falando há pouco. Conrad James, o *señor* García Márquez, da Colômbia.

Conrad olhou para a mão que García Márquez lhe estendera como se o hábito de apertar as mãos ainda não tivesse chegado à sua tribo. Completou a apresentação.

— Sou pistoleiro de Vishmaru.

O sábio deu uma das suas risadas, que sacudiam todo o seu corpo e faziam sua barba grisalha balançar como um babador. Era uma risada de criança. Depois colocou uma mão suave sobre o braço de Conrad e o corrigiu.

— Meu discípulo. Meu amigo. Meu filho.

— Por isso você pediu para o Grego me matar.

Outra risada infantil de Vishmaru. Mabrik olhou sério para ele.

— Isso é verdade? — perguntou Mabrik.

O sábio levantou os braços numa divertida defesa contra aquele absurdo.

— Não, não!

— Só que o Grego resolveu me dar uma educação sobre o mundo antes de me matar e perdeu a oportunidade. Existe um velho ditado armênio...

— Qual? — perguntou Mabrik, arqueando uma sobrancelha cética.

— "Às vezes é preciso escolher entre fazer o discurso e comer a sobremesa."

— Esse você inventou agora.

— Está bem, um novo ditado armênio...

— Nós só tínhamos decidido que El Grego substituiria o senhor, sr. Conrad, no departamento de...

Mas o colombiano se calou porque alguma coisa estava acontecendo às costas de Conrad. Mabrik tinha arregalado os olhos, Vishmaru tinha se virado, Conrad continuava olhando para a frente, acompanhando tudo pelo rosto de Mabrik, que disse, rapidamente: "Shmar!". E então Conrad viu pela expressão dos três na mesa que alguma coisa muito feia tinha acontecido às suas costas. Quando se levantou e virou para trás, já com a Beretta na mão, Conrad viu muitos homens correndo na direção da escada, virando mesas e cadeiras, e viu o que os tinha espantado. O corpo do Grego estava estendido no chão, com uma faca na mão. A faca que ele enfiaria na nuca de Conrad se não tivesse sido interrompido pelo assistente de Mabrik, cuja boca parecia uma ferida supurada, e que estava em pé ao lado do corpo, segurando uma pequena foice. O corpo do Grego estava sem cabeça. Conrad procurou a cabeça do Grego com o olhar e finalmente a localizou em cima de uma mesa, exatamente sobre uma travessa de carne de cordeiro. A expressão no rosto do Grego era de serena inocência. Como se a cabeça não tivesse nada a ver com o vexame do corpo.

— *Carajo!* — disse García Márquez.

— Está acabado — disse Mabrik.

— Ainda não — disse Conrad.

E apontou a Beretta para a cabeça de Vishmaru, mirando no pequeno círculo vermelho no centro da sua testa, e puxou o gatilho, furando o seu olho cósmico. Depois Conrad desmaiou.

Um remanso. Como flutuar num lago plácido depois de ser carregado por correntezas. Mas era apenas o silêncio do rádio da dona Maria. Ela apareceu na porta e anunciou que o jantar estava na geladeira e a roupa estava na corda e que já ia embora. Muito bem, dona Maria. Não, espere! Eu preciso que a senhora me traga o jornal e telefone para o meu... Mas dona Maria já tinha saído e fechado a porta. Continuei batendo à máquina.

As serpentes da mãe-terra entre as suas pernas, entre os seus testículos, subindo pelo pênis... Conrad abriu os olhos e viu Nicole, e sua grande língua roxa e o seu pênis semiacordado fazendo uma espécie de dueto preguiçoso, depois o pênis enrijecendo e assumindo o papel masculino no pas de deux, apenas um suporte para a língua bailarina, onde é que eu estou? Uma grande cama, lençóis de seda, o que aconteceu? Tudo confuso. Nicole desaparece. Agora é Mabrik ao lado da cama, como você se sente?

— Bem, eu acho...

— Você desmaiou. Trouxemos você para cá. Tivemos que sair às pressas do restaurante. Infelizmente, havia muitas testemunhas. Nenhuma que se apresentará voluntariamente à polícia, é verdade, mas vários dos meus competidores estavam no local e um deles pode aproveitar a oportunidade para tentar me embaraçar.

— O que fizeram com os corpos?

— Lixo. Excremento. Foram eliminados.

— Estraguei seu negócio com Vishmaru...

— Existem muitos líderes espirituais. O meu povo tem um ditado...

Conrad gemeu, mas decidiu não protestar. Afinal, lhe devia a vida.

— "Não se regozije quando muitos procuram Deus, é sinal que Ele desapareceu."

Eu não teria feito melhor, pensou Conrad.

— Agora eu lhe devo a vida, Mabrik.

— Correto.

— Você pagou a sua dívida.

— É.

— E agora pode me matar.

— Exato.

Os dois ficaram se olhando.

— Nicole me pediu para não matá-lo.

— O que apenas reforçou sua decisão de me matar.

— Certo.

— E então?

— Você pode se levantar? Tivemos que forçar comida pela sua goela abaixo. Talvez ainda esteja fraco.

— Posso me levantar.

— Então vista-se e venha até a sala de jogos.

Quinze minutos depois, ainda tonto, mas contente por estar vivo, Conrad saiu do quarto. Descobriu que estava numa mansão com gramados em volta. Teve alguma dificuldade para encontrar a sala de jogos. Mabrik estava sentado atrás de uma mesa redonda coberta com feltro verde. Havia várias mesas para jogos de carta na sala, além de uma mesa de bilhar e mesas de xadrez. Nicole estava sentada numa poltrona, atrás de Mabrik. Conrad cumprimentou-a com um discreto movimento de cabeça.

— Nicole?

Ela não respondeu. Apenas estendeu a língua e alisou

uma sobrancelha. Na mesa, na frente de Mabrik, tinha um baralho.

— Sente-se, Conrad.

Conrad sentou-se.

— Proponho que a gente decida tudo no olho do valete.

— Tudo o que, exatamente?

— Sua vida. Isso não é tudo, para você?

— Se eu virar o valete de um olho só...

— Você morre.

— Se você virar, eu vivo.

— Simples.

Simples demais, pensou Conrad.

— Posso ver os quatro valetes?

— Certamente.

Mabrik procurou os quatro valetes no baralho e os atirou, um a um, sobre o feltro verde. Só um valete tinha um olho só.

— Você embaralha — disse Mabrik.

Conrad embaralhou as cartas.

— Eu corto — disse Mabrik.

Mabrik cortou o baralho, juntou as duas partes e o colocou no centro da mesa.

— Os hóspedes primeiro — disse Mabrik, indicando o baralho. Conrad hesitou.

— Não gosto desse jogo — disse.

— Por quê?

— Não depende de qualquer habilidade. Não há como influir no resultado. Não dá nem para trapacear. Estamos entregues à sorte pura. Não gosto.

— Mas esse é o seu encanto. A sua pureza. Eu nunca jogo contra os outros. Nem me interessa ganhar dinheiro no jogo. Sou sempre eu contra a sorte. Ou o destino. Ou o desconhecido. Ou que nome você queira dar.

— Você apenas desafia a sorte e se perder tem outra

chance. Eu estou jogando a minha vida. Não gosto de entregar minha vida à sorte. Não importa a sua pureza.

— Eu já joguei a vida no olho do valete.
— Quando?
— Contra o meu pai.
— O seu pai?
— Sim. Mabul, a luz que ilumina o meu caminho, o exemplo que guia os meus passos. Um tinha que matar o outro. Uma questão de negócios apenas, nada a ver com o que sentíamos um pelo outro. E ele disse: "A decisão já foi tomada, só nos resta descobrir qual é. O olho do valete nos dirá". Ele perdeu.

— Você acha que a minha sorte já foi decidida, que nós só vamos jogar para descobrir qual é a decisão?
— Acho. Você não?
— E o que o olho do valete dirá a você?
— Como?
— Se eu virar o valete de um olho só, isto decide a minha vida. Ela termina. Se você virar, isto também decide a minha vida. Ela continua. E a sua vida? O seu destino? Estou me sentindo muito egoísta, só eu vou me divertir...

Ele ficou em silêncio por um longo instante, olhando para Conrad. Finalmente disse:

— Está bem, Conrad. Você joga a sua vida e eu jogo Nicole. Ela é a minha vida.

Conrad olhou para Nicole. Ela parecia não ter ouvido. Passava a mão pelos cabelos loiros e compridos com o olhar perdido.

— Está bem — concordou.
— Comece.

Conrad virou a carta de cima do baralho. Era o dois de copas. Mabrik virou a segunda. Era o dez de paus. Conrad virou a terceira, notando, com o rabo do olho, que Shmar, o assistente, tinha entrado na sala. O rei de espadas. Mabrik: um valete com dois olhos! Conrad, o quatro de ouros. Mabrik, o nove de paus. Continuaram virando cartas. Conrad sentiu que Shmar estava às suas costas. Provavelmente já estava com a pequena foice na mão. Mabrik tirou o segundo valete com dois olhos e, duas cartas depois, Conrad tirou o terceiro. Sobrava um valete no monte cada vez menor, e era o de um olho só. Conrad, o rei de paus. Mabrik, o sete de ouros. Conrad, a rainha de ouros. Mabrik, o ás de espadas. Conrad, o cinco de paus. Mabrik... O valete com um olho só.

Ele não levantou os olhos da carta. Estava olhando para o olho do valete quando disse:

— Nicole, vá com ele.

— Mabrik... — começou Conrad, mas ele o interrompeu com um gesto, os olhos ainda no olho do valete.

— Saia daqui, Conrad. Vire à direita quando passar pelo portão e siga a estrada, logo você chegará à estação. Nicole, vá com ele. Não leve nada. Só o que tem no corpo.

— Nac! — disse uma voz atrás de Conrad, e em seguida uma frase numa língua estranha, uma frase agressiva que fez Mabrik erguer a cabeça com surpresa.

Mabrik levantou-se e respondeu na mesma língua, com maior ferocidade. Shmar tirou Conrad do caminho com um empurrão. O golpe do braço que segurava a foice foi tão rápido que Conrad só se deu conta do que tinha acontecido quando a cabeça de Mabrik caiu sobre o feltro verde, em cima do valete de um olho só, enquanto seu corpo desabava atrás da mesa. Shmar já tinha pegado Nicole pelo braço e saía correndo da sala com ela, Nicole só teve tempo de dar um adeusinho para Conrad. Segundos depois, os dois passavam correndo pela janela da sala de jogos, sobre o gramado, provavelmente na direção do portão. Conrad preferiu o atalho. Saltou através da janela e caiu no gramado junto com uma chuva de vidro estilhaçado. Levantou-se e correu atrás de Shmar e Nicole. Eles estavam correndo para a garagem. Já tinham pegado um carro. Passaram a toda velocidade por Conrad, Shmar na direção, Nicole às gargalhadas. Conrad escolheu o menor dos carros que sobravam e também arrancou. Não sabia se havia mais capangas de Mabrik dentro da casa, mas certamente não queria ser encontrado na mesma sala com as duas partes do mercador de armas.

Agora sim, pensou Conrad. Está acabado.

Aquela não seria apenas mais uma história de quinta categoria. Teria epígrafe e epílogo. Escrevi o epílogo, no qual Conrad se declara cansado de tudo e disposto a renunciar à sua vida de aventuras, se Ann o aceitar. Ann, a doce Ann. Mas Conrad não procura Ann. Talvez com medo de que a última revelação seja que Ann também não é o que ele pensava, que ele também a entendeu depressa demais. Conrad acaba comprando um veleiro para navegar sozinho, sem mulher, sem nem um cachorro, pelos mares do mundo, onde é só você contra os desígnios do planeta, onde sobre cada onda você joga no olho do valete, mas contra um inimigo sem sangue. Não é verdade que a cidade não acaba, que a sua peste se estende até os horizontes. Ainda existem lugares intocados, o lodo frio de jângales onde você pode deitar e sonhar que nada acaba e nada é traído. De qualquer jeito, esta foi a última história de Conrad.

Pensei numa epígrafe em grego, mas depois achei que seria demais e, mesmo, a gráfica que imprime meus livros dificilmente teria os caracteres. Escolhi as últimas linhas de um poema de Denise Levertov, "To the Reader", que descobri num dos livros do meu pai: "... e enquanto você lê o mar vai virando as suas páginas escuras, virando as suas páginas escuras". Mas botei em inglês:

and as you read
the sea is turning its dark pages, turning
its dark pages.

A editora certamente não ia gostar. De qualquer jeito, tinha terminado dentro do prazo.

8.

— Este é um bom lugar para um catecismo — disse Tomás.

Caminhávamos de braços dados na beira do mar. O mar estava cinzento, o dia era frio, não havia ninguém mais na praia. Tomás decidira me educar. Contar coisas que nunca tinha contado.

— Sabe o número 200, o casarão a vinte metros do nosso? Na mesma calçada? Está vazio. Agora é usado para torturas. Gente que eles não querem levar para um quartel ou para a polícia levam pra lá. O porão é igual ao nosso, tem paredes grossas. Não se ouvem os gritos da rua.

— Como é que você sabe?

— Conheço gente que esteve lá. Conheço gente que morreu lá.

— Mas...

— Estevão, sabe quem é o dono do casarão? É o pai.

— Mas ele não deve saber.

— Estevão. O Francisco tem me contado das pessoas que vão lá em casa, agora.

— Mas é o dr. Vico, o...

— Está certo, o meu padrinho. Grande figura humana. Mas eles estão em guerra, entende? Eles estão defendendo a civilização cristã. As outras pessoas que vão lá, alguns não sabem o que se passa, ou desconfiam mas acham que é justificável. Mas outros sabem de tudo, apoiam, dão dinheiro, delatam. Sei de pelo menos um dos que vão lá que já participou de sessão de tortura.

— Quem?

— Que adianta você saber?

— O pai não sabe. Tenho certeza de que o pai não sabe.

— Sabe, Estevão. Ele cedeu o casarão pra isso.

— Ele pode ter sido enganado.

Tomás desengatara o seu braço e o passara sobre o meu ombro.

— Eu não gosto de estar contando isto. Estas coisas. Mas você precisa saber, Estevão. Eu sei que você ficou chocado quando soube que o pai tinha outra mulher, que levou a mulher para dentro da nossa casa, lembra? Mas existem coisas mais importantes acontecendo, Estevão. Se você quer se revoltar, eu posso te dar muitas outras razões.

— Você pode estar me dizendo tudo isto só para se justificar.

— Justificar o quê? Eu ter brigado com ele e saído de casa? Então você acha que eu tenho feito tudo isto, arriscado a minha vida, só como revolta contra a autoridade paterna? Que eu sou um burguesão usando a política pra resolver meus complexos?

— Mas você não faz política! Você está escondido da polícia.

— Onde é que você tem andado, Estevão? Você não sabe o que está acontecendo? Nós estamos em guerra. E é uma guerra política. Você precisa sair daquela biblioteca, Estevão!

— Você só entrou lá pra quebrar um vaso.

— Isso quer dizer o quê?
— Sei lá. Que o pai também pode ter queixa de nós.
— Eu não precisei entrar na biblioteca do pai, Estevão. Eu li outros livros. Aquela biblioteca é parte do que eles pensam que estão defendendo. É típica. A velha aristocracia deste Estado se comovendo com os discursos de Péricles e se beneficiando de uma estrutura feudal que na Grécia antiga era antiga.

Não respondi. Uma das lembranças que eu tinha da infância era a de ouvir meu pai lendo Péricles em voz alta, e me emocionando, mesmo não entendendo nada. O Tomás tinha parado. Era a terceira ou quarta vez que passávamos pela casa e só agora ele notara o meu carro.

— Você não devia ter deixado o carro estacionado ali.
— Por quê?
— Nós estamos fazendo o possível pra que ninguém note que tem gente na casa. Vai chamar atenção.

Além da nossa casa, havia mais quatro naquele trecho da praia. Todas grandes casas. Todas fechadas.

— Você acha que é seguro ficar aqui?
— Se ninguém nos denunciar, é. E, mesmo, é só por mais alguns dias.

Ele me puxou para caminharmos mais um pouco, mas eu estava olhando fixo para o mar. Não queria sair dali, não queria ser convencido.

— Ele não sabe. Ele está sendo usado.

Tomás começou a dizer alguma coisa e desistiu. Ficamos os dois olhando para o mar. Depois de muito tempo, ele disse:

— A mãe esteve aqui.
— O quê?!
— Veio com o Francisco. Chorou muito. Se queixou.
— Dele?

— De tudo. Desta situação.
— Ela sabe da outra mulher?
— Acho que sempre soube.
— Chorou por causa disso, também?
Silêncio de Tomás. Depois:
— Acho que sim.

Uma perturbação no mar. Logo além da rebentação. Uma agitação. Pássaros se entrecruzando, confusos. Um prenúncio. Alguma coisa como uma grande baleia ia romper a superfície. Mas Estevão conseguiu se dominar. Perguntou:

— Para onde você vai?
— Quando?
— Você disse que só ia ficar aqui por mais alguns dias.
— Ah. Temos um esquema aí. Eu te aviso.
— O que foi que a mãe disse?
— Que não aguenta mais. Que tudo isto a humilha demais.
— A outra mulher também?
— Tudo.

Comigo ela não falava. Não nesse assunto. Mas Tomás era o primeiro. E então eu perguntei, em voz baixa, quase desejando que o barulho do mar abafasse a minha voz e ele não ouvisse, se ele alguma vez tinha pensado em matar o pai. Só não acrescentei "como eu". Ele ouviu.

— Não. Não é ele. É o que ele representa. É toda uma estrutura que tem que mudar. Que precisa mudar.

Ele me olhou antes de continuar.

— Isso tudo te angustia, não é? Você não quer que as coisas mudem.

Eu fiquei em silêncio.

— Ou então você quer que as coisas mudem sem dor.
— E sem culpa — completei.
— Engraçado. As coisas não mudarem é o que me faz sentir culpado.

— Talvez a gente não esteja falando das mesmas coisas.
— Ou da mesma culpa.

Eu ri, e ele esperou um pouco antes de me acompanhar na risada.

— Você vai entrar? — perguntei, indicando a casa com a cabeça.

— Não. Vou caminhar mais um pouco. Não aguento ficar muito dentro de casa.

Nos abraçamos.

— Sagrada Ordem dos Irmãos da Bolinha! — gritou ele.
— Cavalheiros do Segundo Terraço! — respondi.
— Unidos sempre! — gritamos juntos.

Eu voltei para o carro e ele recomeçou a caminhar. Eu já estava quase chegando à cidade quando me lembrei que não tinha lhe dado o livro. O livro nunca foi entregue. O livro só serviu para assegurar aos meus seguidores que eu ia ao encontro de Tomás, e para descobrirem o seu esconderijo. Ou não? O esconderijo, afinal, era fácil de achar. Até hoje não sei se eu traí o meu irmão.

O livro está aqui. Eu o releio às vezes. É um livro curioso. *Apocrifia*. Traz trechos da Bíblia Apócrifa, mas não para aí. Tem um Tarzan Apócrifo também. Outra história de Tarzan. Nesta o bebê criado pelos macacos se torna adolescente e descobre a casa dos seus pais mortos na floresta africana e, como no Tarzan verdadeiro, aprende a ler com os livros do seu pai. Só que nesta versão o seu pai era um latinista, todos os livros são em latim. Tarzan aprende o latim. Quando tem seu primeiro contato com seres humanos, fala em latim e ninguém o entende. É levado para a civilização e considerado um fenômeno, mas tem grande dificuldade em se comunicar com as pessoas. Só se comunica com as que falam latim, e estas são normalmente pouco dispostas a conviver com um semisselvagem de tanga que, ainda por cima, erra algumas declinações. Tarzan acaba voltando para a sua tribo de macacos, para o lodo frio do seu jângal, onde pode se deitar com um bom volume de Catulo e esquecer a vida. Mas o trecho do livro que meu pai tinha marcado com um santinho de Santo Tomás de Aquino para meu irmão ler era o Hamlet Apócrifo. Nesta versão, contada em forma de história, e não teatral, um viajante encontra, numa estalagem, a trupe de atores que acaba de sair do castelo de Elsinore, na Dinamarca, onde coisas apavorantes aconteceram. É uma noite fria e brumosa, e todos na estalagem estão aglomerados em torno do fogo. O chefe da trupe, um velho ator, bebe demais e, animado pelo álcool e a receptividade da plateia, e o calor do fogo e os fantasmas do seu próprio remorso, conta uma história de arrepiar. Conta que sua trupe foi contratada por Fortinbras, príncipe da Noruega, para pregar uma peça na corte da Dinamarca. Mas nós não pregamos peças, meu nobre, nós fazemos peças. Peças trágicas, peças cômicas, peças históricas, peças pastorais, cômico-pastorais, histórico-pastorais, trágico-históricas, trágico-cômico-histórico-pastorais, peças... Mas Fortinbras não quer saber dessas peças, quer que a trupe se insinue no castelo de Elsinore e pregue uma peça. Para começar, usando de todos os demoníacos truques do teatro, espelhos e incenso e magia, eles devem simular um fantasma. Em torno do fogo da estalagem, o simples mencionar de um fantasma derrota o calor da chama e esfria a espinha de todos, que chegam mais perto do velho ator para não perder uma palavra. Sim, um fantasma. Um dos atores, o de aspecto mais real e espectral, deve convencer o jovem príncipe Hamlet de que é o fantasma do seu pai. Ah, é uma história de pais e filhos! Findo o truque, o ator deve se revelar a Hamlet em toda a sua carne e todos os seus ossos, para darem boas risadas? Não, não, diz Fortinbras, Hamlet não deve desconfiar que o fantasma não era real, ou pelo menos não era fantasma. A ilusão deve perdurar. Mas, meu lorde, protesta o velho ator, isso seria enganá-lo. E o que é o teatro senão engano, pergunta o príncipe, e o que são atores senão mercadores de ilusão? Além disso, Fortinbras promete uma boa recompensa aos atores, pregar uma peça será dez vezes mais lucrativo que apenas fazer uma peça, eles verão. E o que o fantasma deve dizer ao jovem Hamlet? Fortinbras já tem o texto escrito. O fantasma deve dizer a Hamlet que foi envenenado por seu irmão, o mesmo que agora se deita com sua viúva, mãe de Hamlet, no seu leito incestuoso, e usa a coroa. Horror, horror. E como se deu o crime? Claudius, o tio traiçoeiro, derramou veneno no ouvido do fantasma, que na época, claro, ainda não o era. Mas, exclama o velho ator, esse é o enredo de *A morte de Gonzago*. Melhor para vocês, diz Fortinbras, que não precisarão ensaiar demais. E o que devemos fazer depois? Haverá uma segunda aparição do fantasma, diz Fortinbras. Darei instruções e o texto na hora. Depois, nada, é só deixar o enredo desenredar, até eu dar um sinal. Então vocês devem voltar a Elsinore para se apresentarem diante da corte e, aí sim, fazerem uma peça em vez de a pregar. Aliás, diz Fortinbras, ou muito me surpreenderei, ou o príncipe Hamlet pedirá para vocês encenarem justamente *A morte de Gonzago*, por estranha coincidência. Feito isso, vocês se retirarão, eu os pagarei e prometo trazê-los de volta a Elsinore todos os anos, quando for rei da Dinamarca. E então?, pergunta o viajante, sentado tão perto do velho ator que pode cheirar o vapor do álcool saindo pelo seu ouvido. Então o mais real e espectral na nossa trupe, usando de todos os demoníacos truques do teatro, se fez passar pelo fantasma do pai de Hamlet e convenceu o jovem príncipe de que seu tio havia envenenado seu pai para ficar com a sua coroa. Oh, oh, gemeu o velho ator. Se nós soubéssemos como tudo ia acabar, nunca teríamos começado. Enlouquecido pela falsa revelação da falsa aparição, apesar de alguma hesitação, Hamlet desencadeou uma corrente, uma torrente de eventos que culminou, muito mais tarde, com Claudius morto, Polonius morto, Laerte morto, Ofélia, a doce Ofélia, morta, Gertrude, a rainha, morta, Hamlet morto e Fortinbras rei da Dinamarca. Então, diz o viajante, na verdade foi um golpe de Estado? Como?, diz o velho ator, quase ficando sóbrio com a incompreensão. Sim! Fortinbras usou a peça pregada para captar a consciência de Hamlet e usá-lo para trazer a discórdia ao reino da Dinamarca e derrubar o rei, para que ele, Fortinbras, pudesse chegar como o salvador, o saneador dessa loucura toda, e tomar o trono. É mesmo, reconhece o velho ator. Mas, enfim, o que nos interessa isso? Fazemos apenas teatro, não nos responsabilizamos pelo seu efeito na plateia. A aranha tece a sua teia porque é o ofício das suas glândulas, se ela pega moscas tanto melhor.

Não imagino que premonição levou meu pai a marcar aquela passagem, do uso de motivos pessoais para avançar a história, do proveito político de impulsos antigos, como sua mensagem para Tomás. Ela talvez valesse mais para mim, como um aviso de que Tomás pretendia minha cumplicidade para mudar as coisas, não porque as coisas precisam mudar, mas porque um leito conspurcado precisa ser vingado. Pois para a história e para Fortinbras tanto faz que numa ponta da espada esteja um guerrilheiro ou um príncipe melancólico, desde que na outra esteja espetado um rei. Mais apropriada como mensagem a Tomás seria a história seguinte no mesmo livro, a própria *A morte de Gonzago*, uma especulação apócrifa sobre a peça que os atores encenam em Elsinore, a pedido de Hamlet. Em *A morte de Gonzago*, um tirano é sacrificado pelos filhos por nenhuma outra razão salvo a de que é um tirano e precisa morrer, para que uma geração saia de dentro da outra e as coisas mudem. No meio desse drama político em que o sangue escorre por todos os bueiros, chegam os atores e encenam um pequeno divertimento chamado *Hamlet*, sobre um príncipe poeta e seus problemas pessoais, que as mulheres, principalmente, adoram. Terminado o interlúdio artístico, os homens voltam à sua guerra e à história. Ao contrário do veneno parricida no cérebro de Gonzago, a história de Hamlet entrou por um ouvido e saiu pelo outro, pois não passa de uma miniaturização do drama maior da espécie, preciosa e inútil como todas as miniaturas. Mas desconfio que meu pai tinha escolhido o livro ao acaso e colocado o santinho em qualquer lugar. Só queria que eu levasse o livro a Tomás e revelasse seu esconderijo.

Meu pai nem tocara no seu manjar branco, sinal claro de que estava num dia negro. Disse, levantando da mesa:
— Venha até a biblioteca.
— Já vou.
O Francisco já tinha saído da mesa. Ficamos eu e a minha mãe sozinhos.
— A senhora esteve com o Tomás.
— Eu?
— Ele me contou.
— Eu não estive com o Tomás.
— Por que a senhora não fala pra mim o que falou pra ele? Eu fiquei nesta casa por sua causa.
— Eu nem sei onde o Tomás está, Estevão. A última vez que falei com ele foi pelo telefone, escondida do seu pai, e já faz meses.
— Eu sei que a senhora esteve com ele.
Meu pai estava de pé no meio da biblioteca, acendendo um charuto.
— Me leve onde está o Tomás. Agora.
— Eu não sei onde ele está, pai.

— Eu não posso mais dirigir. Você tem que me levar.
— Eu não sei onde ele está!
— *Eu* sei onde ele está! Só preciso que você me leve lá.
— Você não sabe.
— Estevão. Você acha que isto é alguma brincadeira? Já descobriram onde ele está. Ele e o resto do bando.
— O senhor contou?
— Descobriram. Não sei como. Eu preciso ir até lá. Preciso falar com Tomás antes que eles cheguem.
— Eles quem?
— Você me leva ou não leva?
— Não. O senhor está blefando. O senhor não sabe onde é. Quer que eu o leve para que eles nos sigam. Sejam lá quem forem eles.
— Está bem. Então o Francisco me leva.
— Não!

Mas ele já estava saindo da biblioteca. O charuto aceso na boca. Fiquei ali. Fazer o quê? Ir atrás. Não ir atrás. Tentar impedir. Como? O Francisco também se recusaria a levá-lo. Mas o Francisco entrou na biblioteca, apressado, e me entregou um pedaço de papel.

— Telefona para esse número, rápido. Chame Jorge.
— Você vai levar ele lá?

Francisco saindo:

— Telefona pra esse número! Jorge. Diz que nós estamos indo pra casa da praia.
— Mas quem...

Fui olhar pela janela. O pai esperando na calçada que Francisco tirasse o carro. A garagem era embaixo da casa, com saída para o jardim. O carro subia por uma rampa lateral para chegar à avenida. Eram três horas da tarde. Uma luz pálida. O Sol também não estava nos seus dias.

— O que aconteceu?

A mãe.

— Nada. O pai teve que sair.

— O Francisco não pode dirigir, no estado em que ele está.

O estado em que o Francisco estava era crônico. Voltei para a biblioteca. Disquei o número que o Francisco me dera.

— Oitava.

— Como?

— Oitava DPI — uma voz irritada. — Quer falar com quem?

— Ahn... Jorge.

O santo guerreiro. Dali a pouco, outra voz no telefone.

— Sim.

— É da parte do Francisco. Ele pediu pra avisar que está indo para a casa da praia, com o pai. Dele.

— Sim.

Jorge desligou o telefone. E agora? Vou atrás? Decidi. Vou atrás. Fazer o quê? Não sei. Não posso ficar aqui. Esta é uma história de pais e filhos. Pai e filhos. Pai e filho. Decidi ir também. Para a casa da praia. Para o mar. Finalmente, a besta subindo do fundo. Não há lugar para mais nada no cérebro quando a besta remexe o lodo do fundo e sobe. Os tubarões se retraem, cessam todas as outras histórias. Olhei em volta antes de sair da biblioteca. Sabia que era a última vez que a veria.

Os livros estão aqui, empilhados à minha volta, na sala, no quarto, até no quarto de empregada. Mas eu nunca mais vi a biblioteca. Nunca mais vi a casa, nem os jardins. Eu talvez escreva, um dia, sobre aquela ida para a praia, aquela minha estranha passagem para o exílio aqui mesmo. Agora que não escreverei mais sobre Conrad, posso escrever sobre o outro eterno adolescente, Félix Culpa, visto pela última vez numa estrada banhada por um sol agonizante, dirigindo um Volkswagen, sem mulher e sem cachorro, na direção do mar e da sua epifania. Não importa que eu não me lembre de metade do que aconteceu, para que serve a ficção? Histórias, histórias.

Meu pai chegou com Francisco à casa da praia. Tomás estava caminhando na beira do mar. Meu pai foi ao seu encontro.

— Fuja! Agora. Daqui a pouco vão cercar a casa. Eles vão chegar atirando. Não volte para a casa. Fuja!

Mas Tomás corre na direção da casa para avisar seus companheiros. O pai corre atrás.

— Não seja louco. Fuja! Pelas chagas de Cristo!

Não, ele não diz "pelas chagas de Cristo".

— Pela sua mãe! Por mim! Fuja!

Mas Tomás está entrando na casa. E estão chegando "eles". Já chegam atirando. O pai levanta os braços para detê-los. É atingido por vários balaços, mas o que o mata é o tiro no olho. Um dos companheiros de Tomás irrompe pela porta, atirando, e tenta correr na direção da praia. É atingido também e cai de costas na areia. Quando eu cheguei, vi meu pai estendido no chão, a cabeça pousada no asfalto, um buraco preto em vez de um olho, o sangue escorrendo para dentro de um bueiro, e o homem com cara de índio e cabelos compridos tombado na areia. Depois não vi nem ouvi mais nada, só sentia a dor no pé, só o meu pé ficou consciente, quando acordei no hospital só o meu pé doía, depois descobri que era o pé que eu não tinha mais. Francisco, Tomás e os outros que estavam na casa ou perto da casa não morreram no ataque, ninguém ficou ferido. A história que saiu nos jornais foi que meu pai tinha ido convencer seu filho mais velho a se entregar e fora morto pelo subversivo com cara de índio. Tomás diz que não foi assim, mas na época não pôde dizer o contrário e depois não se interessou em reviver a história. Francisco tinha ficado escondido no chão do carro, não viu nada. Eu tinha saído correndo do carro, que deixara longe da casa, subira num cômoro de areia para cortar caminho na direção da casa, uma ponta de taquara atravessara a sola do meu sapato e entrara no meu pé, depois só lembro de ver a cabeça do meu pai pousada no asfalto, um buraco preto em vez de um olho e o sangue escorrendo para dentro de um bueiro.

Ou então: meu pai chegou com Francisco à casa da praia. Francisco ficou no carro. Meu pai entrou na casa.

— Preciso falar com você, Tomás. Lá fora.
— Como é que o senhor soube que eu estava aqui?
— Não interessa.
— Sei que não foi um dos meus irmãos.
— Vamos lá para fora. Na rua.
— Quem mais sabe que nós estamos aqui?
— Eles já sabem. Você tem que fugir.
— O senhor nos dedou!
— Não!
— O senhor!
— O que interessa isso agora? Entre no carro. Vamos sair daqui. Tomás!

Tomás está com a pistola na mão. Não sei se mirou no olho.

Deve ter mirado na testa. Mas a mão tremia. Uma traição, ao menos, vingada. Com o tiro os homens correm de dentro de casa. Mas é tarde. "Eles" chegam. Já chegam atirando. O homem com cara de índio tenta fugir, mas cai na areia. Os outros se rendem. Não fica claro quem matou meu pai. Melhor dizer que foi um dos subversivos, o que morreu. Melhor não mexer muito com a história. É gente importante.

Ou então. Ou então!

Estevão, o Indeciso, capengando pela areia, deixando um rastro de sangue pela areia, ouve não um, mas dois tiroteios vindos da casa. Primeiro um, o que matou seu pai. Depois desse, um carro sai em disparada pela rua, cruza com os carros "deles" que estão chegando e desaparece. Eles já chegam atirando. Esse é o segundo tiroteio. Quem estava no carro que saiu em disparada? Para quem foi o telefonema que eu dei da biblioteca? Onde entra Jorge, o santo guerreiro, nesse ritual macabro?

9.

Não consegui comer os ovos mexidos a tempo. Dona Maria chegou e contou que seu filho estava com pus amarelo saindo de algum lugar. Joguei o resto dos ovos fora.

— Dona Maria, se vierem da editora, o pacote é este aqui.
— Hmrf.

Sentei na minha cadeira e fiquei esperando. Não precisei esperar muito. Naquele dia o macio Macieira entrou duas vezes no apartamento. Primeiro, pelo rádio infernal da dona Maria. Boas notícias, auditório. O inspetor Macieira, o nosso Macieira, vai resolver a questão do terreno onde será construído o santuário da Valdeluz. Ele já entrou em contato com a família que é dona do terreno, que é dona de quase todo o Jardim do Leste, e parece que não haverá problema para a construção do santuário. Alô, Macieira, você está aí?

— Estou aqui. Bom dia!
— E então, Macieira? Como vai o braço?
— Tudo bem, obrigado.

— Boas notícias, então, Macieira?
— É. Eu sou bastante ligado à família que é dona do terreno e eles não vão opor nenhum, ahn, óbice à construção da capelinha.
— Ó, Macieira! Não tem nada que você não consiga, hein? Nada que você não faça por essa gente.
— A gente faz o possível.
— E o caso Candó, Macieira?
— Pois é. Essas coisas acontecem. Já falei com a dona Glória e ela compreendeu. Está muito abalada.
— Vai haver um inquérito, não é assim, Macieira?
— Exato. Mas é rotina. Eu estou tranquilo. Fiz o que era necessário.

Filho da puta, pensei.
— Mais uma vez, obrigado, Macieira!
— Obrigado a você, recomendações ao seu auditório.
— Grande Macieira!

Mais ou menos às quatro da tarde, bateram na porta.
— A porta, dona Maria!

A dona Maria não ouviu.
— Abaixa esse rádio, dona Maria!

Eu mesmo tive que abrir a porta para o inspetor. Ele estava com o casaco sobre os ombros e um braço enfaixado.
— Ouvi sobre o seu acidente de trabalho, Macieira.
— Não foi nada.

Ele estava grave como sempre. Trazia más notícias. Esperou que eu me sentasse, como sempre, antes de sentar-se também.
— Quem foi desta vez, Macieira?
— O quê?
— Que eu matei por telepatia?
— Infelizmente, uma pessoa muito ligada a você.

Você não vai conseguir, pensei. Não vai, Macieira. Eu vou ganhar este jogo.

— Quem?
— Você se lembra de um velho jardineiro...
— Seu Joaquim?
— Esse.

Mesmo sabendo que era um jogo, uma farsa, não pude deixar de sentir o sangue congelar nas minhas veias. Sempre lera aquilo em livros, "o sangue congelou nas suas veias", e nunca sentira. Talvez uma sensação que só se tem no fim da adolescência.

— O Joaquim das Flores, morto? Assassinado?
— Sim. Várias facadas no peito.
— Como Vishmaru, no meu livro...
— Não com os mesmos sinais, no entanto. Tinha um sete na testa.
— Romano?
— Não. Comum.
— Com tracinho no meio?
— Por quê?
— Por nada. Continue.
— O corpo dele formava um X.
— Você tem certeza de que era um X? Não era uma cruz?
— Não, um X.
— Como é o seu primeiro nome, Macieira?
— Hein?
— O seu primeiro nome.
— Por quê?
— É segredo?

Ele fez um gesto de impaciência com a cabeça.

— Estevão, você parece não se dar conta do que está acontecendo. Todas estas mortes, de uma maneira ou de outra, envolvem-se. Eu tenho tentado levar isto da melhor maneira possível, mas você precisa cooperar. Você sabe muito bem que eu posso levar você para depor na delegacia e...

— Está bem, está bem. Para um amigo da família, tudo.
Ele me estudou por algum tempo antes de continuar.
— Então. Um sete e um X. Ah, e seu olho tinha sido arrancado.
— Lógico.
— Então. Vamos...
— Macieira, Vishmaru não morre assim no meu livro.
— Não?
— Não. Eu inventei aquilo para enganar você. Eu sabia que ele não ia morrer daquele jeito. E sabe por que ele não morre daquele jeito? Porque Vishmaru, o bom e sábio Vishmaru, é um dos vilões da história. Ele morre com um tiro. Um tiro... onde?
— No olho.
— No olho cósmico. No meio da testa. Dado por Conrad. E agora?

Depois de outro longo silêncio, o macio Macieira disse:
— Você vê, é claro, o que isto significa.
— Não. O quê?
— Que a nossa área de investigação se reduz bastante. Se reduz ao seu cérebro.
— Espero que você não esteja dizendo que o meu cérebro é minúsculo, Macieira.
— Pelo contrário, é um cérebro tão grande e potente que consegue fazer as coisas acontecerem só porque foram imaginadas. Ou então, ou então...
— O quê?
— Consegue fazer o contrário. Consegue fazer coisas que aconteceram se tornarem imaginárias. A realidade se tornar ficção.
— Dona Maria, o rádio!
— Um sete e um X, Estevão. Vamos supor que é uma data. As marcas no corpo e na parede de Vishmaru indicavam uma data, não é? Na sua imaginação?

O filho da puta conseguira. Eu estava na defensiva de novo. Ele continuou.

— Pode ser sete de outubro ou...

— Dez de julho.

Dez de julho era o dia em que...

— Foi o dia em que mataram o seu pai, não é, Estevão?

— Dona Maria, abaixa esse rádio!

— Você se lembra que, antes de morrer, a Lília marcou no seu livro, *Ritual macabro*, uma cena de um assassinato na praia. Seu pai morreu na praia.

Não era uma convenção literária. O sangue congelava mesmo nas veias.

— Tem um louco solto por aí, Estevão, guiado pelo seu cérebro, pela sua imaginação, espalhando pistas sobre um fato que aconteceu no dia dez de julho, há vinte anos. É um fato que todos querem ver esquecido, mas que a sua imaginação reviveu. Transformou em ficção para reviver. Mas os fatos não querem ser ficção, Estevão. Querem ser reconhecidos. Se você os revive, eles querem ser revividos como fatos. É por isso que anda esse louco...

— O louco é você!

— Não, não, Estevão. Eu não sou o criminoso. Sou a polícia.

Eu tentei me levantar, mas não acertei o ângulo da muleta. Caí de novo, pesadamente, na cadeira.

— Saia daqui, Macieira! Saia daqui! Eu já falei com o meu irmão. Ele é advogado. Ele...

A minha agitação o impressionara. Seus olhos pareciam ter saltado mais ainda.

— Calma, Estevão!

— Se não é você o assassino, então não existem esses assassinatos. Eu é que não sou! Vamos parar com este teatro!

— Eu só estou querendo mostrar, Estevão, como é perigoso mexer em coisas antigas, em coisas que devem ficar sossegadas no passado. O seu cérebro transforma essas coisas em histórias e cedo ou tarde elas voltam a ser realidade. Porque outras pessoas vão se lembrar delas, vão ver através do disfarce da ficção e reconhecê-las. Só isso, Estevão.

— Você não vai entrar no meu cérebro, Macieira. Nem com um mandado de busca.

Ele sorriu.

— Nem eu quero, Estevão. Só quero que você pare de espalhar pistas por aí. Pelas paredes e os corpos das pessoas. Pare de pensar nessas coisas que elas pararão de acontecer.

— Não existiram esses crimes.

— Existiram. A Lília apareceu de novo? Não apareceu porque está morta. Se informe para saber se o Joaquim jardineiro não está morto. Só não vai sair nos jornais o jeito como ele morreu porque eu não quero alarmar os vizinhos dele. A morte da Lília já correu pelo Jardim do Leste, está todo mundo com medo do louco da faca. Eu cuido da minha gente.

— Não existem os crimes. Você inventou.

— Existem, Estevão.

— Então me diga uma coisa...

Era o meu trunfo.

— O quê?

— O primeiro crime. O da mulher no Jardim Paraíso.

— Sim?

— Você disse que o criminoso escreveu uma frase em grego na parede com o sangue da vítima. Exatamente como o Grego, no meu livro.

— Exato.

— E que uma faxineira, a Lília, apagou tudo, só deixando rastros.

— Exato.

— Então como é que você sabia que era grego? Arrá!

— Ela não apagou tudo. Ficaram...

— Rastros, você disse. Tão apagados que a imprensa não viu, segundo você. E a imprensa examina tudo.

— Um perito da polícia examinou a parede e...

— Não, Macieira.

Ele me estudou por um tempo, com seus olhos saltados. Muito tempo, desta vez. Depois disse:

— Está bem, não.

Olhos saltados como os que eu tinha visto, uma noite, no corredor da minha casa. Uma moça andando na ponta dos pés. Há muitos, muitos anos.

Dona Maria tinha desligado o rádio. Ela apareceu na porta e se assustou outra vez com o inspetor. Depois disse que tinha deixado o jantar na geladeira e a roupa passada em cima da tábua. Ela abriu a porta para sair no momento em que chegava o rapaz da editora para pegar o pacote com os originais. Quando ela entregou o pacote, me lembrei que não tinha posto título no livro.

— O Joaquim das Flores morreu mesmo — disse Macieira.

— Mas não com várias facadas no peito e sem um olho.

— Não. Há uns dois meses. Coração, eu acho.

— O bom e sábio Joaquim das Flores... E a Lília?

— Eu disse para ela não vir por uns tempos.

— Você manda no Jardim do Leste.

— Não, vocês mandam.

— Nós?

— Você, o Tomás, os irmãos.

— Você não é herdeiro também?

— Ele nunca me reconheceu. Minha mãe morreu na miséria.

— Mas ele falava com você.

— Como é que você pensa que eu sabia tanto sobre você? Eu nunca estive na casa, mas sabia tudo sobre ela. Às vezes passava pela frente e ficava olhando a fachada, imaginando vocês lá dentro, você na biblioteca. Você era o favorito dele.

Ora, ora, Macieira. Ora, ora.

— Eu gostava do velho — disse Macieira.

— Você estava na 8ª DP. Foi com você que eu falei naquela tarde.

— Foi. Eu estava começando na carreira. Comecei na oitava.

— São Jorge Guerreiro... Qual era o seu esquema com o Francisco?

— Eu queria falar com o velho. O Francisco tinha ficado de me avisar quando surgisse uma oportunidade.

— Você se dava bem com o Francisco?

— Foi o único dos irmãos que se aproximou de mim. Nós bebíamos juntos, às vezes.

— Você não queria falar com o velho, Macieira. Você queria matar o velho.

Só o ruído surdo da cidade por baixo da nossa conversa.

— Você também, não é, Estevão?

— Qual era a sua razão?

— Ele estava pensando em despejar todo o pessoal do Jardim do Leste. Pra fazer um condomínio fechado, pra rico.

— E você o matou por isso. Por essa traição. Não foi por outras?

— Quem disse que eu matei?

— Ao Olho do Divino somos todos culpados. Eu, você, o Tomás, o Francisco. Aos olhos da lei só um é culpado. Quem?

— Você não sabe? Estava escurecendo.

— Eu devia saber?

— Essa é a nossa grande dúvida.

— "Nossa"?

— Minha e do Tomás. E "deles". O que você viu, aquele dia. Nós nunca ficamos sabendo.

Não havia mais sol. Era primavera? Era primavera. O rumor que subia da cidade agora enchia a sala. Um terremoto sem tremor. Uma trovoada que não acabava.

— Eu machuquei o pé. Cheguei atrasado.
— Você não viu nada?
— Não.
— Ou esqueceu?

O quê, afinal? Mártir ou testemunha?

— Não vi nada.
— Há vinte anos que nós cuidamos de você. Para você não nos pegar de surpresa. Botei a Lília aqui dentro para controlar você. Para me contar o que você dizia e fazia.
— Nós mal nos falávamos.
— Líamos o que você escrevia.
— Histórias de quinta categoria.
— Não, não. Eu gostava.
— Você é suspeito. É meu irmão.
— Meio-irmão.
— Meio suspeito.
— E então saiu o *Ritual macabro*. Era diferente dos outros.
— E você e o Tomás ficaram preocupados. Eu estava dando sinais de ter sucumbido à pior tentação que pode afligir um escritor de quinta categoria.
— Qual?
— Subir de categoria. É fatal. Passamos a cuidar dos nossos pronomes e dos nossos símiles. Quando menos se espera, estamos sendo metafóricos e obscuros. Depois, vem o que vocês temem. Confissões. As veias abertas em público. Tive problemas com *Ritual macabro*. A editora queria saber se a mulher-cachorro era mulher-cachorro mesmo ou uma figura de linguagem. Respondi que era realismo mágico e que não chateassem. Não quero nem pensar no que eles vão dizer do novo livro.
— Você já mandou o novo para a editora?

— Vieram buscar agora mesmo.

— Eu queria dar uma olhada...

— Não, Macieira. Vocês vão ter que esperar a publicação para saber se eu conto tudo sobre o dia dez de julho ou não.

Ele se inclinou para tocar o meu joelho. Fraternalmente.

— Eu sei que você não contou.

— Do que vocês têm medo, Macieira? Quais são os fatos que vocês não querem que eu mencione, mesmo disfarçados como ficção?

— Apenas uma cena terrível, de que ninguém quer se lembrar.

— Uma cena com um grande e respeitável pedigree literário, Macieira. Leia os gregos, como dizia o meu pai. Ou não leia os gregos, como também dizia o meu pai. Uma história antiga. Há quem diga que é a única história, que todas as histórias são essa história. Ela é quase irresistível.

— Você não deve mexer nesse lodo, Estevão. Pode encontrar coisas que não quer encontrar.

Como um robe de mulher, pensei.

— Não convém — continuou o inspetor.

Aquele "não convém" pairou no ar entre nós dois. O que ele e Tomás estariam dispostos a fazer para evitar que eu, para exorcizar minhas culpas ou apenas subir de categoria literária, me tornasse inconveniente e lembrasse do que não convinha ser lembrado? O que os outros fariam?

— Estou pensando em escrever sobre estes últimos dias. Sobre você, sobre estas suas visitas...

— Não convém, Estevão. Continue escrevendo as aventuras do Conrad. Como eram antes. Olhe, o meu favorito sempre foi *A maldição do jade*. Escreva outro igual.

— Você é que poderia escrever, Macieira. As suas histórias... Aquela da Lília se arrastando pelo chão, o sangue como um véu de noiva atrás dela... Muito bom!

— Você é o escritor da família.

— O detalhe da frase em grego apagada foi um cochilo, mas acontece com qualquer um.

E então eu pensei: ou não foi um cochilo. Não tem nada que o inspetor Macieira não consiga. Ele concedera o erro muito facilmente. O erro podia ser deliberado. Uma brecha para que nos aproximássemos, os dois irmãos, sem simulação, sem histórias fantásticas, finalmente uma conversa aberta. Tão aberta que eu acabaria contando o que realmente vi na praia naquele dez de julho. Ele não está junto com o Tomás. Ele está investigando o Tomás. Ele quer saber se foi o Tomás que matou o nosso pai. O inspetor Macieira até hoje só não resolveu um caso. Vinte anos depois do caso não resolvido, o macio Macieira continua atrás do assassino do seu pai. E do meu.

— O que aconteceu naquele dia, Macieira?

— Um acidente. Um tiroteio, e atingiram o seu pai.

— Quem?

— Um acidente.

— Foi você?

— Eu entro na igreja do Olho do Divino sem piscar. Mas o Olho do Divino também não pisca, se a morte era necessária.

— O Tomás?

— Um acidente.

— O que *você* foi fazer lá, Macieira? Matar seu pai ou defendê-lo? O Francisco o chamou porque sabia que o velho corria perigo e queria você lá, foi isso?

— O que *você* foi fazer lá?

Só fui ser testemunha. E falhei.

— Isso não vem ao caso. Eu cheguei depois do tiroteio. Eu...

— Não mexa nesse lodo — disse o Macieira.

E bateu com a ponta dos dedos nas coxas, sinal de que ia se levantar para ir embora.

— Como é que ficamos? — perguntou, levantando-se.
— Não se preocupe. Eu não posso contar o que não vi.
— Isso é o que nos preocupa, Estevão. Você contar o que não viu. Melhor contar o que nunca aconteceu. Escreva outro parecido com *A maldição do jade*.
— Você não vai me dizer o que aconteceu?
— Já disse. Um acidente.

Estava escuro no apartamento. Éramos dois vultos um para o outro. Duas sombras sem rosto. Um gordo e outro magro. Um recolocara o pé, o outro não. O filho preferido e o filho banido.

— Vamos continuar esta conversa outro dia — disse ele.

Claro. Depois que eu falar com o Tomás. Depois que eu tiver tempo de pensar sobre a conversa de hoje. Não foi do pai que ele herdou essa maciez.

— Você feriu o pé no tiroteio, aquele dia?
— É.
— A história do pé de cabrito, é verdade?
— Você quer ver?
— Não, obrigado.
— Não podia ir a um hospital. Iam fazer perguntas. Tive que recorrer ao padre Pedro.
— Essas coisas acontecem mesmo no Jardim do Leste? Milagres? A história do olho do padre Pedro que ficou branco?
— Acontecem. Aliás, o olho do padre Pedro ficou bom, depois que eu matei o Candó.
— O quê?
— Ficou. Você devia ir lá, Estevão. E descer do carro desta vez.
— Isso é puro realismo mágico.
— Não. É miséria.

Eu ri, mas ele não. O filho da puta não tinha mesmo o menor senso de humor.

Faltava fazer a última pergunta, talvez a mais importante de todas.

— A Lília lê mesmo os meus livros?

— Não. Só lê fotonovelas.

Na saída, no escuro, ele derrubou uma pilha de livros e os empilhou de novo antes de sair, apesar dos meus protestos para que deixasse assim.

No hospital o Tomás tinha me dito que fora um acidente. "Eles" tinham chegado atirando e matado o pai por engano. Mas não houve um tiroteio antes? Eu ouvi um tiroteio, vi um carro sair em disparada. Não me lembro, dissera Tomás, foi tudo muito confuso. Deixaram o Tomás sair da prisão para ir ao enterro do pai. Ele me contou tudo depois. Contou que no enterro o Francisco quase caíra e quase levara o caixão e os outros irmãos junto. Mas isso é outra história. Tomás saiu logo da prisão. Influência do padrinho. Gente importante.

10.

Já passou tempo desde a terceira visita do Macieira. Uma primavera, um verão, agora estamos no outono. O ar que entra pela janela não é tão áspero, mas o rumor da rua continua o mesmo, a cidade continua doente. O Tomás tem vindo todos os meses, deixa dinheiro, nunca senta, pergunta se eu estou precisando de alguma coisa, não tem tempo, precisa ir. Eu falei das visitas do Macieira e ele disse que tudo bem, não, não, o Macieira não estava querendo reabrir caso nenhum, ele tinha razão, era melhor não mexer naquele lodo, olha, a mãe manda um beijo, vou arranjar alguém pra limpar esta sujeira, tchau, tchau. A Lília nunca mais apareceu. A editora cortou a epígrafe e o epílogo e algumas cenas, mas, surpreendentemente, publicou o livro. Eles mesmos deram o título, *O olho do valete*, não está mal. Não sei o que o Tomás e o Macieira pensaram do livro, o Tomás não comentou nada e o Macieira não me visitou mais. Ou ainda. Só sei do que ele faz pelo rádio infernal da dona Maria, o interminável programa que a dona Maria ouve o dia inteiro, em alto volume. Construíram a capelinha em memória da Valdeluz, na cerimônia de inauguração lá estava o Macieira, e quem mais chorava era Dori, o assassino. A editora pensa que eu estou escrevendo outra aventura de um Conrad, como *A maldição do jade*, e não estas reminiscências que eu nem sei por que escrevo. Para que saibam que eu sabia que estavam tramando, embora não saiba o que estão tramando, nem quem. Meu testemunho é uma ameaça. Quando me instalou neste exílio — "Eu conheço um pessoal aí que publica esses livros de banca, caubói, policial, coisas que você pode fazer de olhos fechados" —, o Tomás não imaginava que um dia um grego entraria numa das minhas histórias de quinta categoria e me abriria os olhos. Tarde, mas enfim eu sempre cheguei tarde para tudo. Tenho quarenta anos e recém saí da adolescência. Mas preciso ir até o fim. É preciso mexer no lodo.

    Quando saiu do apartamento, naquele anoitecer, no fim da sua terceira visita, o Macieira derrubou uma pilha de livros e em seguida refez a pilha. Na manhã seguinte eu notei que o livro que ficara em cima da pilha eu não conhecia, era um dos livros do meu pai que eu ainda não abrira. Abri-o então e vi que o livro tinha sido escrito pelo meu pai. Uma edição particular, alguns textos reunidos em poucas páginas, talvez para distribuir entre amigos ou apenas para ter na própria estante, o capricho de um amante dos livros com dinheiro de sobra. Uma das páginas estava marcada por um santinho, são Estêvão. Era a mensagem que meu pai escolhera para eu descobrir um dia. O texto tratava de um certo barão Wolfgang von Kempelen, conselheiro da corte da Hungria, que em 1770 presenteara a imperatriz Maria Teresa com um autômato feito de madeira, um grande boneco de olhos de jade com um turbante na cabeça e que, segundo o Barão, jogava xadrez como um mestre. O boneco, que era maior do que um homem comum, carregava seu próprio tabuleiro de xadrez na frente e seus olhos de jade ficavam fixos no tabuleiro enquanto ele jogava com um braço articulado, movimentando as peças com delicadeza e sacudindo a cabeça quando algum adversário tentava enganá-lo. O boneco ficou conhecido em todo o mundo como o Turco. O barão Von Kempelen era famoso pela sua habilidade com mecanismos, mas era óbvio que alguém dentro do boneco, um pequeno grande jogador de xadrez, manipulava as suas partes, escolhia os seus lances e guiava o seu braço sobre o tabuleiro. Mas sempre que desafiavam o Barão a abrir o boneco e mostrar o anão enxadrista lá dentro, ele abria e mostrava que dentro do Turco só havia rodas e cilindros e as engrenagens de uma máquina como qualquer outra. Só que essa máquina raciocinava e jogava xadrez. Como isso era impossível, era inconcebível, o grande mistério para a época passou a ser não como uma coisa mecânica podia raciocinar e jogar xadrez contra mestres como um mestre, mas onde ficava o anão. Várias teorias foram propostas sobre a localização do anão e como ele se escondia lá dentro quando o Barão abria o boneco. Alguns até planejaram arrombar o boneco, mesmo com o risco de arruinarem o seu delicado mecanismo, só para descobrirem o anão, ou pelo menos o espaço ocupado pelo anão quando o Turco se exibia. O Turco viajava por todo o mundo, jogou contra Benjamin Franklin na França e contra Napoleão na Áustria, e enquanto isso crescia o mistério, e com o tempo o mistério se transformou numa indignidade. O Barão já se divertira o bastante, chegava a hora de mostrar ao mundo onde diabo se escondia o anão. Não adiantava o Barão jurar que não havia anão nenhum. Tinha que haver um anão, alguma coisa humana dentro da máquina. O Barão decidiu ceder e colocar um anão dentro da máquina no dia em que o próprio Turco tocou o seu braço com sua mão de madeira, e o Barão viu nos seus olhos de jade que ele também queria um anão, alguma coisa quente e viva, alguma coisa que os outros pudessem compreender e amar, dentro do seu corpo. E então o Barão contratou um anão para ficar dentro do Turco. Teve que fazer adaptações no mecanismo para dar lugar para o anão, e isso prejudicou o Turco, que passou a jogar mal. O anão suava muito, comprimido entre as rodas e os cilindros, e isso apressou a deterioração do mecanismo. O anão não jogava xadrez, o anão não tinha nenhum talento, sua única razão para estar dentro do Turco era ser anão, e ele era o responsável pelos erros e a progressiva decadência do Turco. Mas aquele era o preço que o Turco pagava para ter alguma coisa viva e quente e amável dentro de si, para não ser apenas um autômato. Felizmente para o Turco, que jogara com grandes mestres e imperadores e os derrotara a todos, que chegara mais perto do que qualquer homem da única maneira perfeita de jogar xadrez, e que fatalmente acabaria seus dias como uma velha curiosidade em algum parque de diversões — mas infelizmente para o anão, que não teve tempo de sair pelo alçapão —, o boneco foi destruído pelo fogo no Museu Chinês de Filadélfia em 1854.

Essa era a mensagem. Como as frases do Grego nas paredes, apenas o vislumbre de uma mensagem. Talvez um pedido de compreensão. Só não sei se do anão pela sua humanidade ou do Turco pela sua capitulação. Mas uma boa história assim mesmo.

Sei que um dia a chave vai girar na fechadura, a porta vai se abrir e não será a dona Maria. Quem se sente mais ameaçado pelo meu testemunho? Pelo que pensa que eu vi? Seja quem for, um dia ele vai aparecer na porta. Com uma faca. Pode ser uma pistola, ninguém ligaria para o tiro neste prédio barulhento, mas acho que será uma faca. Tudo bem, vamos até o fim. À noite eu fico rodando pela sala, toc-toc, slosh-slosh, com a cara virada para a janela, ouvindo o ronco da cidade, o tubarão indo e vindo, indo e vindo. E ao longe, no fim de uma estrada banhada por um sol pálido de inverno — posso sentir o cheiro de livro velho daqui —, o mar continua virando as suas páginas escuras.

EPÍLOGO

O corpo foi descoberto pela empregada, Maria das Dores. Ele estava sentado numa cadeira com a garganta cortada. Não havia sinais de luta no apartamento, ele devia estar esperando o assassino. Ou a assassina, ou os assassinos. A máquina de escrever estava sobre uma mesinha ao lado da cadeira, mas só havia papéis em branco junto dela. Se ele estava escrevendo alguma coisa, as folhas foram retiradas do local. Dona Maria não pôde dizer se ele estava escrevendo ou não. Da cozinha não dava para ouvir o barulho da máquina, e quando ela lhe levava o almoço não prestava atenção. Como é que ele era? Um homem esquisito. Sei lá. Visitas? Só o irmão, que vinha uma vez por mês. Durante um tempo veio uma faxineira, lá do Jardim, eu conheço, mas limpeza que é bom ela não fazia. E ele recebeu umas visitas do inspetor Macieira. É, em pessoa. Mas isso faz tempo. Vivia sozinho. Não era de falar muito. Ah, teve um dia que ele me disse uma coisa. Sem mais nem menos. Eu levei o almoço e ele estava olhando para a janela, pensativo, com um sorriso na cara, e aí, quando eu entreguei a bandeja, ele disse assim: "Ele tinha razão, dona Maria, eu fiquei com a casa". Sei lá o que ele quis dizer.

Ou então:

É difícil saber qual foi o ferimento que o matou. Há ferimentos em todo o corpo, eles formam um padrão, mas não dá para interpretar o que significa. E há uma palavra escrita na parede com sangue também. Numa língua estrangeira. O engraçado é que ele tem um livro em que um assassino faz exatamente isso. Mata e escreve com o sangue da vítima na parede. Que mundo, não é?

Ou então. Ou então!

Mandam chamar os pais dele, no sanatório. É preciso fazer alguma coisa. Agora ele simplesmente se recusa a comer. Diz que nunca mais vai botar nada na boca. Primeiro, aquela mania de que não tem um pé. Depois começou a implicar com o rádio da dona Nicola, que ocupa o quarto do lado. E agora isso. O dr. Macieira tenta conversar com ele. Mas ele não diz coisa com coisa. Acusou o dr. Macieira de estar tentando entrar no cérebro dele. E inventa uma história mais maluca do que a outra. Está certo, nós estamos aqui para isso, mas se ele se recusa a comer, não há nada que a gente possa fazer. Não aqui. Ele vai precisar de soro, essas coisas. A máquina? Ele passa o dia inteiro escrevendo. Mas, olha aí, não escreve nada. São só linhas e linhas de letras sem sentido. Como se o que ele quisesse mesmo era fazer as entrelinhas.

ESTA OBRA FOI COMPOSTA PELA PÁGINA VIVA EM UTOPIA E IMPRESSA EM OFSETE PELA GEOGRÁFICA SOBRE PAPEL PÓLEN BOLD DA SUZANO S.A. PARA A EDITORA SCHWARCZ EM NOVEMBRO DE 2022

A marca FSC® é a garantia de que a madeira utilizada na fabricação do papel deste livro provém de florestas que foram gerenciadas de maneira ambientalmente correta, socialmente justa e economicamente viável, além de outras fontes de origem controlada.